苏东坡诗文中的故事

蘇東坡說

苏东坡说　崔铭　崔诗晨　著　中国友谊出版公司

写在前面

苏轼,字子瞻,号东坡居士,北宋眉州眉山(今四川省眉山市)人,中国文化史上百科全书式的文化巨人,在政治、思想、文学、艺术等诸多领域均取得了杰出的成就。

从古至今,苏轼精彩纷呈的人生故事,最为人们津津乐道。不过,苏轼本人也是一位故事大王,他的文学作品中包含许多动人的故事。本书从《苏轼诗集》《苏轼文集》《东坡词》中,选取一部分内容,加以分类编排,以苏轼自述的口吻,用通俗流畅的现代汉语进行改写,在改写故事后面,附录了故事原文及解题、注释,便于读者进一步阅读。

需要特别说明的是,改写故事并非对古文的简单翻译。首先,其中不少故事,散见于苏轼的多篇作品中,本书在改写时,综合这些作品所提及的各种细节,构成完整而丰富的故事文本;其次,即便是由单篇作品改写的故事,也并不局限于对语言文字的现代转换，而是将作品的写作背景，涉及的历史、文化、民俗等相关知识，悉数纳入其中。

全书分为"家族往事""亲历故事""师友逸事""人物杂记""书画琐记""神奇梦境""民间传说""僧道传奇""动物趣事""奇谈怪论"10个门类，共计71个故事，选录诗、文、词作品114篇。其中有些故事，在今天看来或许涉及封建迷信，体现了苏轼本人的时代局限性，但从文学角度而言，可视为天马行空、诙诡奇特的想象之词，足以启人遐思。作品原文在版本选择、解题、注释上，均秉持严谨认真的学术态度，希望尽可能提供给读者朋友一个既通俗有趣，又真实可靠的苏轼作品读本。但限于编著者的学识水平，其中亦难免存在错讹之处，恭请各位读者批评指正。

编著者
2023年3月于上海

〔明〕戴进 绘《春游晚归图》
台北"故宫博物院"藏

〔明〕唐寅 绘《西园雅集图》(局部)
台北"故宫博物院"藏

清缂丝仇英绘《后赤壁赋图卷》(局部)
故宫博物院藏

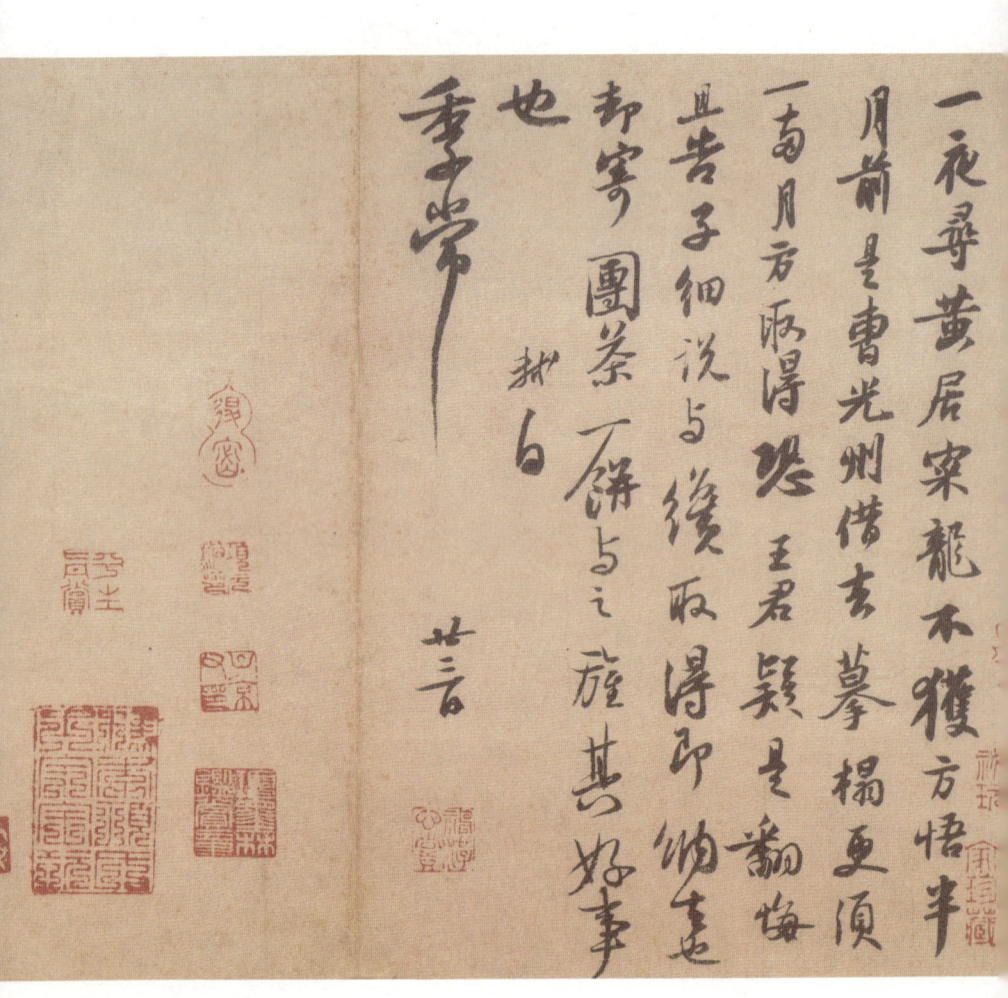

〔宋〕苏轼　书《一夜帖》
台北"故宫博物院"藏

轼启辱
书承
法体安隐甚慰
想念北游五年尘垢所蒙
僧夏不知
林下高人犹复不忘耶事冉
冉见及万一
自重不宣
轼顿首
五月廿二日
坐主久上人

〔宋〕苏轼　书《北游帖》
台北"故宫博物院"藏

〔宋〕苏轼　书《黄州寒食诗帖》(局部)
台北"故宫博物院"藏

目录

家族往事

- 002 　高祖父拒学法术
- 003 　祖父豁达不羁
- 006 　外曾祖父的神异故事
- 008 　外祖父的奇遇
- 009 　父亲最珍爱的藏品
- 011 　鸟鹊巢居的苏家庭院
- 013 　结发妻子王弗

亲历故事

- 018 　我的人生偶像
- 020 　夜雨对床之约
- 024 　钱塘六井
- 026 　徐州抗洪救灾
- 029 　遭遇乌台诗案
- 032 　躬耕东坡
- 036 　拯救弃婴
- 039 　李委吹笛
- 041 　庐山游记
- 045 　神奇的圣散子
- 047 　合浦遇险记

师友逸事

050　淡泊坦荡的王大年
052　墨竹大师文与可
055　虔州隐士钟子翼
057　与众不同的石幼安
059　用情专一的刘庭式
061　特立独行的方山子
065　名医庞安常
068　范景仁力劝仁宗立皇储
071　孟仰之仗义敢言
073　李公择分桃
074　病也怕狠人

人物杂记

076　见微知著的曹玮
078　武襄公狄青
080　万里传书的卓契顺
082　杭妓周韶
084　张士逊诬陷孔道辅
086　以杀人为乐的石普

书画琐记

088　传神记
090　画水记
092　戴嵩画牛

神奇梦境

094　梦中作祭春牛文
096　梦回故居
097　梦里杭州
099　石泉之梦
101　罗汉入梦
102　梦里梦外
104　王翊救鹿
105　王平甫梦游灵芝宫

2

民间传说

- 108 庸医误人
- 110 笔仙
- 111 子姑神的前世
- 113 天篆记
- 115 一个薄情寡义的商人
- 117 樊山故事

僧道传奇

- 122 奇人牵子廉
- 124 三生石上旧精魂
- 127 道士徐问真
- 129 道士打铁

动物趣事

- 132 狡猾的老鼠
- 134 可爱的乌觜狗
- 136 聪明的乌鸦
- 138 河豚之死
- 139 弄巧成拙
- 140 老虎与婴儿

奇谈怪论

- 144 睡乡记
- 147 盲人识日
- 149 到处被鳖相公使坏
- 151 穷秀才谈志向
- 152 三个老人吹牛
- 153 桃符与艾草人吵架
- 154 海螺与蚌蛤的对话
- 155 眼睛和嘴巴的争论
- 156 说谎好累

原文

家族往事

高祖父拒学法术 /160
[故事原文]苏廷评行状(节选)

祖父豁达不羁 /161
[故事原文]苏廷评行状(节选)

外曾祖父的神异故事 /164
[故事原文]外曾程公逸事

外祖父的奇遇 /166
[故事原文]十八大阿罗汉颂(节选)

父亲最珍爱的藏品 /167
[故事原文]四菩萨阁记

鸟鹊巢居的苏家庭院 /169
[故事原文]异鹊并叙/记先夫人不残鸟雀

结发妻子王弗 /172
[故事原文]亡妻王氏墓志铭(节选)/记先夫人不发宿藏

亲历故事

我的人生偶像 /176
[故事原文]范文正公文集叙(节选)

夜雨对床之约 /177
[故事原文]初秋寄子由/书出局诗/感旧诗并叙/附录:苏辙《逍遥堂会宿二首并引》

钱塘六井 /182

[故事原文]钱塘六井记/乞子珪师号状

徐州抗洪救灾 /186

[故事原文]奖谕敕记（节选）/河复并叙/登望佚亭/答吕梁仲屯田

遭遇乌台诗案 /192

[故事原文]题杨朴妻诗/黄州上文潞公书（节选）/杭州召还乞郡状（节选）/予以事系御史台狱，狱吏稍见侵，自度不能堪，死狱中，不得一别子由，故作二诗授狱卒梁成，以遗子由，二首/十二月二十八日，蒙恩责授检校水部员外郎黄州团练副使，复用前韵二首

躬耕东坡 /198

[故事原文]东坡八首并叙/与王定国四十一首（节选）/与章子厚二首（节选）/二红饭

拯救弃婴 /207

[故事原文]与朱鄂州书/黄鄂之风

李委吹笛 /211

[故事原文]李委吹笛并引

庐山游记 /213

[故事原文]自记庐山诗

神奇的圣散子 /215

[故事原文]圣散子叙（节选）/圣散子后序

合浦遇险记 /218

[故事原文]书合浦舟行

师友逸事

淡泊坦荡的王大年 /222

[故事原文]王大年哀词

墨竹大师文与可 /223

[故事原文]跋文与可墨竹/文与可画筼筜谷偃竹记

虔州隐士钟子翼 /227

[故事原文]钟子翼哀词并引（节选）

与众不同的石幼安 /229

[故事原文]石氏画苑记（节选）

用情专一的刘庭式 /230

[故事原文]书刘庭式事

特立独行的方山子 /232

[故事原文]方山子传/岐亭五首并叙/陈季常自岐亭见访，郡中及旧州诸豪争欲邀致之，戏作陈孟公诗一首/陈季常见过三首（其二）/寄吴德仁兼简陈季常/

与陈季常十六首（其五，节选）/
与陈季常十六首（其六，节选）/
临江仙

名医庞安常 /247
［故事原文］定风波 / 书清泉寺词 / 西江月 / 与陈季常十六首（其三，节选）/ 与胡道师四首（其一）

范景仁力劝仁宗立皇储 /251
［故事原文］范景仁墓志铭（节选）

孟仰之仗义敢言 /254
［故事原文］孟仰之

李公择分桃 /255
［故事原文］记公择天柱分桃

病也怕狠人 /256
［故事原文］跋南唐挑耳图

人物杂记

见微知著的曹玮 /260
［故事原文］曹玮知人料事

武襄公狄青 /262
［故事原文］书狄武襄事

万里传书的卓契顺 /263
［故事原文］书归去来词赠契顺 / 与陈季常十六首（其十六，节选）

杭妓周韶 /265
［故事原文］书周韶

张士逊诬陷孔道辅 /266
［故事原文］张士逊中孔道辅

以杀人为乐的石普 /268
［故事原文］石普嗜杀

书画琐记

传神记 /270
［故事原文］传神记

画水记 /272
［故事原文］画水记

戴嵩画牛 /274
［故事原文］书戴嵩画牛

神奇梦境

梦中作祭春牛文 /276
［故事原文］梦中作祭春牛文

梦回故居 /277
［故事原文］答任师中、家汉公（节选）/ 梦南轩 / 祭亡妻同安郡君文

梦里杭州 /281

[故事原文]和张子野见寄三绝句（其一）/怀西湖寄晁美叔同年/杭州故人信至齐安/答陈师仲主簿书（节选）/梦弥勒殿/送襄阳从事李友谅归钱塘

石泉之梦 /285

[故事原文]记参寥诗/参寥泉铭并叙

罗汉入梦 /287

[故事原文]应梦罗汉记/应梦罗汉

梦里梦外 /289

[故事原文]破琴诗并叙/书破琴诗后并叙

王翊救鹿 /292

[故事原文]王翊救鹿（节选）

王平甫梦游灵芝宫 /292

[故事原文]王平甫梦灵芝宫

民间传说

庸医误人 /296

[故事原文]盖公堂记（节选）

笔仙 /298

[故事原文]书石晋笔仙

子姑神的前世 /299

[故事原文]子姑神记

天篆记 /301

[故事原文]天篆记

一个薄情寡义的商人 /302

[故事原文]梁贾说

樊山故事 /304

[故事原文]记樊山/菩萨泉铭并叙

僧道传奇

奇人率子廉 /308

[故事原文]率子廉传

三生石上旧精魂 /310

[故事原文]僧圆泽传

道士徐问真 /312

[故事原文]徐问真从欧阳公游

道士打铁 /314

[故事原文]道士锻铁

动物趣事

狡猾的老鼠 /316

[故事原文]黠鼠赋

可爱的乌觜狗 /317
[故事原文]余来儋耳,得吠狗,曰乌觜,甚猛而驯,随予迁合浦,过澄迈,泅而济,路人皆惊,戏为作此诗

聪明的乌鸦 /319
[故事原文]乌说

河豚之死 /320
[故事原文]河之鱼

弄巧成拙 /321
[故事原文]海之鱼

老虎与婴儿 /322
[故事原文]书孟德传后/附录:苏辙《孟德传》

奇谈怪论

睡乡记 /326
[故事原文]睡乡记

盲人识日 /328
[故事原文]日喻(节选)

到处被鳖相公使坏 /330
[故事原文]广利王召

穷秀才谈志向 /332
[故事原文]二措大言志

三个老人吹牛 /333
[故事原文]三老人论年

桃符与艾草人吵架 /334
[故事原文]桃符艾人语

海螺与蚌蛤的对话 /335
[故事原文]螺蚌相语

眼睛和嘴巴的争论 /336
[故事原文]口目相语

说谎好累 /337
[故事原文]作伪心劳

家族往事

高祖父拒学法术

我的高祖父苏祐，生活在五代十国的乱世。他年少时在成都认识了一个道士。一天，道士避开旁人，将他拉到一边，悄悄说："你是个德行纯良的年轻人，我非常看好你。我有一个绝技，可以用药物变出各种东西。如今世道混乱，生存不易，掌握了这个独门绝技，就不用担心活不下去。"

道士随即便开始示范，用面粉变出了蜡烛。高祖父静静地看着，淡然一笑，说："我不想学。"

道士十分惊讶，很是佩服，感叹道："我一生云游天下，虽身怀绝技，却从没在人前显摆过，自以为德行修养超过常人。而你，面对这样一个可以名利双收的机会，居然能做到毫不动心，人格境界远胜于我。"

然后道士就走了，两人再也没见过。

祖父豁达不羁

我的祖父叫苏序,字仲先,眉州眉山人,祖籍大概是赵郡栾城。他的曾祖父叫苏钊,祖父叫苏祐,父亲叫苏杲。三世不仕,都乐善好施而不愿张扬。

祖父自幼豁达不羁,读书不求甚解。他为人谦逊,乐善好施。只要稍有积蓄,就会大手大脚,或者是帮助他人,很快就花个精光,因此好多次陷入衣食不周的窘迫境地,但他从不后悔。等过一段时间有钱了,他便得意地说:"我就知道不会真的被钱财给困住。"于是更加不吝惜钱财了。年成不好的时候,他甚至把自家的田地卖掉,买粮食救济灾民。等到饥荒过去粮食丰收,有些得到他救济的人想把粮食还给他,他一律不收。他说:"是我自己愿意卖掉的,跟你们没有关系。"不管是了解他还是不了解他的人,祖父都能与他们敞开心扉,相交甚欢。有些心存不善的人欺负、侮辱他,祖父也从不报复。大家都不明白他怎么想的。

太宗淳化年间,王小波、李顺造反,围攻眉州城。当时祖父二十二岁,每天都拿着兵器在城楼上守卫。就在这时,我的曾祖父病逝,而叛军对眉州城的围困和攻击愈加紧急。城里的百姓都非常绝望,整日以泪洗面,觉得要活不下去了。我祖父则仿佛并非置身于围城之中,仍旧依照礼仪办理丧事,竭尽哀思。眉州城危在旦夕,曾祖母非常害怕,我祖父打起精神温言软语地安慰道:"母亲别担心,我相信朝廷一定不会放弃我们,这些叛军很快就会被打败。"

仁宗庆历年间,朝廷首次下令州郡创办学校。州里的读书人都十分兴奋,议论纷纷,认为朝廷将会在当地选拔一批才德之士担任学官,因此个个跃跃欲试,希望能获得这个机会。我祖父很不以为然,笑着说:"这不过是那些急功近利的官员的面子工程罢了!"并告诫家中子孙,不要跟别人竞争学官的位子。眉州官府的差役,一向残暴苛刻,如今要办官学,他们又多了一个弄权牟利的由头,眉州百姓因此受到更大的侵扰。我祖父深感不平,作诗讽刺。

我祖父有三个儿子:老大叫苏澹,没有入仕为官,在祖父之前去世了;老二叫苏涣,通过进士考试步入仕途;老三就是我的父亲苏洵。我的伯父苏涣是一位非常尽职的好官,所到之处都能赢得百姓的爱戴和称赞,离任之后,人们也常常思念他,有人将他与汉代的循吏相比。"循吏"之名最早见于《史记》的《循吏列传》,按照司马迁的解释,循吏的突出特点是奉职循理,也就是奉公守法,依循常情常理治理州郡,而不刻意彰显自己的威严。我伯父苏涣就是这样的官员。伯父担任阆州知州时,祖父曾去探望他,很高兴看到他把一切事务都计划、处理得十分妥善周到。祖父住在阆州的那些日子,也跟当地的父老乡亲以及读书人多有交流，发现他们都很喜欢我伯父。

祖父晚年喜欢写诗，才思敏捷，出口成诵，并不刻意追求技法的精工，只是将所思所感借诗歌加以表达。他一生写了数千首诗。

我听说，五代战乱以来，蜀地文化衰落，读书人越来越少。而且蜀人都有浓重的乡土情结，不愿意离乡做官。但祖父很有远见，想尽一切办法，让我的伯父苏涣读书成才。后来，我伯父考中进士，穿着官服回乡探亲，吸引无数父老乡亲前来围观，人人都为伯父感到骄傲，把他作为榜样，教育自家子弟。从此以后，眉山的读书人越来越多了。不过，我的父亲苏洵却不爱读书，直到成年后，仍不通诗书，但祖父从来不管。亲戚邻里都为我父亲的前途担心，关切地询问祖父的想法，祖父也不回答。别人问得多了他就说："这可是我的儿子，为何要忧虑他不学习？"后来，我父亲果然发愤学习，最终闻名于世。

这些事情都证明了我祖父是一个见识高超、目光远大的人，假如他年轻时有机会入仕做官，一定会取得很大的成就，可惜就这样埋没了！其实，古代也有许多贤人君子，虽然没有世俗的功名，但同样因人品才华出众而闻名于世。可见，我祖父不为世人所知，主要还是因为我们这些子孙后代没有将他的事迹告诉大家。所以我特意写下这篇文章，希望有更多的人了解他。

外曾祖父的神异故事

我的外曾祖父叫程仁霸，眉山县人。他为人仁慈宽厚，深受乡邻信赖。太祖乾德三年（965），宋军攻入成都，后蜀国主孟昶投降，蜀国灭亡，归服大宋。当时大乱初定，中原地区的士大夫都不愿来蜀地任职，朝廷决定选拔本地人担任官吏，外曾祖父被录用为眉州参军。

眉山县有个人因为偷挖别人的萝卜，被主人发现，双方争执推搡中，这个人不小心将主人刺死。这原本只是一桩民事纠纷导致的过失杀人案件，按照当时的法律，杀人者罪不至死。但眉山县尉为了邀功请赏，将这名犯人押送州府，谎称是自己抓捕的强盗，并且买通狱掾，将犯人屈打成招，在案卷上签字画押。太守升堂审案的那天，犯人坐在官厅外的走廊上等待提审，泪如雨下，衣衫尽湿。外曾祖父正好从旁走过，凭着自己的经验，知道这名犯人一定受了冤屈，于是大声对他说："你受了冤枉，为什么不说出来？我为你申冤！"犯人果然连声高呼："冤枉啊！冤枉啊！"之后将事情经过原原本本说了出来。提审时，外曾祖父向太守陈述了自己了解的事实，但县尉、狱掾极力争辩。经过两次提审，犯人最终还是被判处了死刑，外曾祖父也因此丢了官职。奇怪的是，随后不到一个月，县尉、狱掾竟相继暴病身亡。

三十多年后的一天，听说外曾祖父忽然大白天看见那个早已死去的犯人出现在自家的庭院，只见他跪倒在地，纳头便拜，说："当年我死之后，向阎王诉说冤屈，阎王派小鬼将县尉和狱掾追捕归案，但二人都不肯认罪。阎王打算暂且将您召至地府，与他们对质，我叩头力争，说：'不可因为我，使苏参军一家受此惊吓。'所以，此案悬而未决，一直等到今天。如今，您的阳寿已尽，我特意前来接您。您去地府对质之后，即可重新投胎为人。而且，将来您的子孙后代，皆可享长寿爵禄之福，满门皆是达官贵人。"外曾祖父把这件奇事详细告知了家人，从容沐浴，换好干净、正式的衣服，随后在睡梦中安详去世。

我小时候就听长辈说过这个故事。后来，我的外祖父程文应活到九十高龄。从我舅舅这一代开始，地位日益显贵，舅舅程濬也活到了八十五岁。我的表兄和表弟在仕途上都很有声望，同时担任监司一级官员的就有三人。我的外甥们读书做官，个个都有出息。而县尉、狱掾的后代则早已衰微殆尽。有人说，那个犯人为了报答恩德，不忍心在外曾祖父寿数未尽时打扰他的正常生活，这是很值得称道的。但是，这个案子悬而不决，几个当事人都迟迟不能重新投胎，恐怕也是地府阎王对县尉与狱掾的一种惩罚。

外祖父的奇遇

我的外祖父程公年少时游历京师,回家途中,正逢蜀地发生动乱,亲友隔绝,粮食、盘缠都已耗尽,困守旅舍,一筹莫展。这时,忽然有十六位僧人前来求见,说:"我们是您的老乡。"并且每人借给外祖父二百钱,使他得以摆脱困境。回家后,外祖父四处打听这十六位僧人,却始终没有找到。因此,他猜想:"这十六位法师,一定就是佛经上说的阿罗汉。"从此,他每年都会举行四次大型的供佛仪式,表达自己礼敬佛法的诚意。外祖父活到九十岁,一生总共举行了二百多次大型供佛仪式。

父亲最珍爱的藏品

我父亲一向物欲淡薄，日常生活中严肃恭谨，不苟言笑，但特别喜欢收藏名画。逢年过节，门人弟子想孝敬老师，都争相访求名画，希望博得老师展颜一笑。因此，父亲虽身为布衣，收藏之富却可与王公贵人相媲美。

长安的一座寺庙里，有一个历史悠久的藏经阁，是唐玄宗时期建造的。阁上四面都有门，八扇门板上装饰着唐代著名画家吴道子的亲笔画，正面画的是菩萨，背面画的是天王，总共画了十六个人物。广明之乱时，这座寺庙遭到叛军焚毁。有位僧人在大火中将门板取下，仓皇出逃。但是八块门板实在太重，又有追兵在后，最后只带走了其中的四块。一路西奔，来到凤翔乌牙，寄居于当地的寺庙，并在那里终老。这四块画板存留在那座寺庙已经一百八十年，有人花十万钱购得，送给了我，我很高兴地接受了，但坚持将十万钱付给了他。我将这四块画板献给了父亲。从此，在父亲的百余件藏品中，这四块画板成为排名第一的珍宝。

英宗治平四年（1067），父亲在汴京去世。我们兄弟扶柩还乡，千里迢迢，也将这四块画板运回了故乡。免丧之后，我的僧人朋友惟简建议我将父亲最爱、最不忍舍弃的东西布施给寺庙，为父亲祈福。我想，自古至今收藏古墨名画、奇珍异宝者不计其数，但几乎无人能传三代以上。求之唯恐不及，藏之唯恐丢失，最后却很少有不被子孙卖掉的。所以，我决定将这四块画板捐给惟简所在的寺庙。惟简打算建造一座大阁来收藏，并将我父亲的画像画在大阁上。为此，我又捐献了二十分之一的建筑费用，预计明年冬天大阁便能建成。

鸟鹊巢居的苏家庭院

哲宗元祐四年（1089），我在杭州知州任上，听到一个颇有点神奇的故事，有位叫柯述（字仲常）的人，在担任漳州通判时，苦民之所苦，尽心尽力拯救饥荒，深得百姓拥戴。一天，两只喜鹊飞入官衙，筑巢栖息。柯述任满离职时，送别的人们发现，两只喜鹊竟也一路相送，似有依依惜别之意。这个故事，令我想起童年时代老家那座鸟雀巢居、幺凤翔集的庭院。

我家以前住在眉山县纱縠行，院子里长满了苍松、翠柏以及各种其他树木，一年四季鲜花盛开，许多鸟雀都来这里筑巢、栖息。因为母亲天性善良，又信奉佛教，特别讨厌杀生，严禁家人捕鸟取卵，所以天长日久，来我家庭院安巢的鸟儿越来越多，而且都不怕人，鸟窝都筑在低矮的树枝上，小孩子可以俯身而视。我和小伙伴们常常围在鸟窝边，小心翼翼地触摸热乎乎的鸟蛋，看毛茸茸嗷嗷待哺的初生小鸟，给它们喂食，和它们嬉戏。除了那些寻常可见的鸟雀，在桐花盛开的日子，还有一种极为稀有的美丽鸟儿会来这里，它们的羽毛五彩斑斓，就像传说中的凤凰一样，蜀地称为桐花凤，又叫幺凤。这种小鸟一点儿也不怕人，容易驯养。

我家庭院百鸟和鸣、幺凤来仪的景象被邻居们传为佳话，视为祥瑞。其实，这并没有什么神奇的，只要我们仁厚慈悲，不怀凶暴、加害之心，鸟雀虽是异类，也能感知并信赖这份真心诚意。世路艰难，岂止是人所独有的感慨？所有生命的存在都很不容易。在远离人类的自然界，鸟雀无时不面临着蛇、鼠、狐狸，以及鸱、鸢等天敌的威胁，常如汪洋中的一叶小舟，孤立无援。倘若人类不伤害它们，自然是极愿与人亲近的。可见鸟雀筑巢不敢靠近人类，乃是因为人比蛇鼠之类的天敌更加可怕。

《周易·中孚》卦辞曰："柔在内而刚得中，说而巽，孚乃化邦也。'豚鱼吉'，信及豚鱼也。"根据唐代学者孔颖达的阐释，"中孚"的意思是，柔内刚中，各得其所，和悦而谦逊，诚信发于内，则邦国化于外，就连万物之中至微至贱的豚和鱼也会一起受到感化。这正是为政者应有的用心和态度啊！漳州通判柯述就是这样一个至诚而不虚浮的官吏，不愧为古之循吏。他在漳州挽救了无数民众的性命，这份仁心厚德甚至引得双鹊来巢，它们虽不会人的言语，但整日喳喳欢鸣，生动地表明了善恶以类相感相召的道理。

结发妻子王弗

我的太太王弗,出生在眉州青神县一个书香之家,她的父亲王方是乡贡进士。王弗十六岁那年嫁给我,第二年生下了我们的儿子苏迈。她为人谨慎而端庄,无论是出嫁前侍奉自己的父母,还是出嫁后侍奉公公婆婆,都十分细致周到,邻里乡亲对她赞不绝口。

自古以来,男主外,女主内,女孩子基本上都只是学习做家务和女红。但我岳父很开明,所以王弗从小读书识字,博览群书。不过,刚结婚时我可一点也不知道,因为她从来没跟人提起过。当然,我也注意到,每当我诵读诗书,她就会拿着针线活静静地坐在一旁听着,整天都不离开。但我压根也没想过,其实她都懂。直到有一天,我在背书,背着背着,突然卡壳了,怎么也想不起下一句。这时,王弗在旁轻轻地提示了一句。这轻轻的一句,犹如巨雷惊梦,令我大吃一惊。我连忙站起身来,拉着她的手,指着满屋子的书逐一考问,王弗都能说出个所以然来。想不到她竟然如此聪慧颖悟,却又如此沉静内敛!实在是太令我惊喜了！

仁宗嘉祐六年（1061），我步入仕途，第一次离开父亲和弟弟，前往凤翔任职，王弗带着两岁的儿子苏迈跟我一同前往。我们在凤翔的寓所，后院有一株古柳。天寒地冻的时候，皑皑白雪覆盖着整个院落。奇怪的是，古柳旁有块一尺见方的地面，竟然片雪不积。雪晴后，那块地面隆起了好几寸。我猜想是古人藏丹药的地方。道教认为，人可以通过修炼得道成仙，长生不老。道教的修炼术有外丹与内丹之分，丹药便是外丹，又叫金丹，是以丹砂、铅、汞、云母等矿石为原料，在炉鼎中烧炼而成的。丹药难以炼成，而且服用的剂量和方法也很有讲究，稍有差池，便会中毒身亡。在古代的记载中，因服用丹药而重病不治的例子非常多，而得道成仙却始终只是传说。尽管如此，千百年来，仍然有很多人冒着生命危险去尝试。我对道教修炼之术很感兴趣，读过不少道教书，只是没有条件和机会炼丹。根据从书本上读到的一些知识，我推测院子里那个隆起的土包下面，很有可能就是古人炼成的丹药。因为丹药性热，雪落在上面便会融化，而且丹药有很强的生发力，所以使地面隆起。在强烈的好奇心的驱使下，我决定挖开地面，一探究竟。

王弗阻止了我，她说："假如母亲还健在的话，她一定不会同意你的做法。"

当年我家租住在眉山纱縠行，家里有块地面突然塌陷，露出一个大瓮，上面盖着一块乌木板。我母亲连忙叫用人用土将大瓮埋起来，谁也不许挖。乡邻们都说，里面一定有前人收藏的宝物。但母亲不为所动，她坚持认为家里每一笔财富都必须清清白白，不应该抱着这种发意外之财的想法。现在王弗提起这件往事，令我感到非常惭愧，立即听从她的劝告，放弃了挖掘的想法。

我这个人，性格直率，没什么城府，无论是玉皇大帝还是叫花子，都可以玩到一块。所以我的朋友很多，但也没少被人坑。王弗的谨慎、内敛，正好跟我形成最佳互补。虽然结婚已经六七年，但我俩还是第一次离开长辈、离开大家庭单独面对生活。王弗非常了解我的性格，所以特别留意我在外面的日常行事，时常引用我父亲的话提醒我，唯恐我有所失误，吃亏上当。她说："你离开父亲远了，凡事没有人指点，不可不慎重。"

每当有人来我家拜访，王弗便悄悄站在屏风后面听我们谈话。等客人走了之后，她会跟我分析、讨论。有的人说话态度游移，从不明确表露自己的观点，王弗说："这个人说话模棱两可，总在暗暗揣摩你的意思，和他说话就是浪费时间。"

有的人想和我交朋友，第一次见面就显得特别亲密，王弗分析道："这种人的交情恐怕不会长久，来得快，去得也快。"

她的这些观察和分析，事后往往都能得到证实。

亲历故事

我的人生偶像

仁宗庆历三年（1043），我八岁[1]，在乡校读书。一天，有位从京城来的读书人，给老师带来了一首名叫《庆历圣德颂》的长诗，作者是石介。老师和他的朋友兴致勃勃地读着，我也悄悄地凑过去看，不一会儿便将这首诗倒背如流。但不明白诗里歌颂的十一个人究竟是什么人物，于是急切地向老师请教，老师既惊讶又好笑，说："你这小毛孩子问这么多干吗？说了你也不懂。"

我一听很不服气，大声说："难道他们都是天上的神仙？那我就不用了解。如果也是跟我一样的人，为什么就不能知道呢？"

---

[1] 出生在年末的古人在算年龄时会在实际年龄上加两岁。苏轼出生在景祐三年（1036）的农历十二月十九日，折算成公元纪年，则是1037年1月8日。按照古人计算年龄的方式，出生当天就是一岁，过年之后（即正月初一之后）就是两岁了。也就是说，苏轼1037年1月8日是一岁，十一天之后就算两岁了。故本书中苏轼年龄均在其实际年龄上加两岁。

老师一听，觉得我说得有道理，也很欢喜，便耐心地将整首诗歌以及诗中人物的人品、功业细细地讲解了一遍，并且强调说："其中韩琦、范仲淹、富弼、欧阳修，是我们这个时代的人杰。"

此时我虽然似懂非懂，但已将这四个名字牢牢记在了心里。

夜雨对床之约

嘉祐二年（1057），我和弟弟苏辙（字子由）在进士考试中一举中第；嘉祐六年（1061），我俩又一同通过了难度更大的制科考试。锦绣前程展现在面前，但我们内心却十分矛盾复杂。一方面，我们满怀理想与激情，希望尽快奔赴工作岗位，施展才华抱负；另一方面，又不愿面对兄弟分离、天各一方的现实。其实，这种复杂矛盾的心情，早在参加制科考试前就已经在我们心头浮现。

当时正是暑热犹存的初秋季节，为了复习备考，我俩从家里搬出来，住在怀远驿，挥汗如雨，闭门苦读。一天傍晚，忽然狂风大作，摇落了窗外缤纷的树叶，吹来了满天的乌云。很快，淅淅沥沥的雨声响起，天地间顿时充满凄凉肃杀之气。昏黄的灯光下，我们正专心致志地阅读唐代诗人韦应物的诗集。

夜半时分，气温骤降，身体单弱的子由感受到阵阵寒意，于是放下书本，起身加衣。那时，我刚好读到韦应物的《示全真元常》一诗，全真、元常是韦应物的两个外甥，甥舅三人偶然在滁州相聚,很快又将各自踏上旅途。韦应物感叹道:"宁知风雪夜,复此对床眠。"

读到这里,我不禁心有所感。我和子由弟从小到大,形影不离,二十多年来,没有一日分离过。然而,不久之后,我们将步入仕途,从此聚少离多,兄弟同窗共读、对床夜语的平常光景,将难以复得。我抬起头来,看着子由清瘦的背影,想着不久之后的分别,禁不住泪水盈眶。

子由转过身来,看着我的泪眼,瞬间明了了一切。他连忙走过来,紧紧握住我的双手。此时,风摇树影,雨声大作,我俩郑重相约:"人生短暂,亲情无价,日后功成名就,完成社会的责任和义务,一定及早退隐,携手回到故乡,纵情山水,共享兄弟之情、闲居之乐!"

通过制科考试后,我被任命为凤翔府签判,于十一月离开汴京,前往任所。子由骑马跟随数十里,为我送行。来到郑州西门之外,子由必须返回了,我们就此分别。我难以抑制离别的愁绪,写下《辛丑十一月十九日,既与子由别于郑州西门之外,马上赋诗一篇寄之》一诗,重申我俩的约定,殷殷嘱咐子由:

寒灯相对记畴昔,夜雨何时听萧瑟?君知此意不可忘,慎勿苦爱高官职。

当时,我二十六岁,子由二十三岁。

熙宁十年(1077)初秋,长久分别之后,我俩有幸在徐州相聚。这一年,我四十二岁,子由三十九岁。我们在逍遥堂对

床夜语,窗外雨声淅沥,秋风飒飒,高大的树木在风雨中飘摇……此情此景,何其相似!子由随口吟道:

> 逍遥堂后千寻木,长送中宵风雨声。误喜对床寻旧约,不知漂泊在彭城。

元丰二年(1079),我因作诗讽刺新法,被捕入狱,关押在御史台的监狱中。骤然之间遭遇灭顶之灾,我以为自己会屈死狱中,从此再也见不到子由了,再也不能履践"夜雨对床"的旧约,感慨赋诗道:

> 是处青山可埋骨,他时夜雨独伤神。与君世世为兄弟,又结来生未了因。

那时,我并不知道,得知我被捕,子由连夜赶写了一份奏章,请求解除自己现有官职,为兄长赎罪;我也不知道,我的妻儿都已被接到子由家里,两家人同甘共苦,共同面对这突如其来的暴风雨。

元祐三年(1088),我在朝担任翰林学士兼侍读,子由担任户部侍郎。有一次,我俩同一天轮流上殿指陈时政得失,子由高兴地写下《五月一日同子瞻转对》一诗,诗中写道:

> 对床贪听连宵雨,奏事惊同朔旦朝。

大约有三年,我们相聚京城,同朝为官,那真是仕宦生涯中极为难得的一段岁月。那时我们两家相距很近，下班后子由总是会先来我家盘桓一阵，兄弟俩尽情重温"对床夜语"的美好时光。

然而，好景不长，朝政斗争错杂纷繁，让我难以忍受，于是自请外任，从杭州到颍州，从颍州到扬州。元祐七年（1092），我从颍州调任扬州时，子由在朝中任尚书右丞，来信约我趁赴任之便，绕道回京小聚。然而，我深深厌倦京城里明争暗斗的氛围，实在不愿涉足是非之地，虽然十分想念子由，却没有接受邀约。旅途中，我写下《满江红·怀子由作》：

> 孤负当年林下意，对床夜雨听萧瑟。恨此生、长向别离中，添华发。

此时，我比任何时候都更为迫切地渴望尽快和子由一起退隐归田。我计划到扬州不久，就申请调往江陵，然后再申请调往梓州，就这样逆江而上，带着所有藏书，一步步走近故乡。然后申请退休，回到眉山筑室、种果，等待子由回来一起养老。

遗憾的是，作为朝廷命官，我们身不由己，这个梦想最终没能实现。

钱塘六井

杭州城原本是钱塘江潮水冲积而成的一块陆地，水质苦涩，难以下咽。只有在靠山的地方挖井，才能得到甘甜的泉水，但适用范围不广。唐朝名相李泌在杭州任刺史时，曾建造六口大井，引西湖水供全城饮用。后来，著名诗人白居易担任杭州刺史，进一步治理西湖，疏浚六井。李泌所凿的六井，分别叫相国井、西井、金牛池、方井、白龟池、小方井，分布在城区各处。其中金牛池早就废弃了。仁宗嘉祐年间，知州沈遘又在美俗坊开凿了一口南井，杭州百姓称之为沈公井。涌金门外，西湖北面有三道水闸，分别修建了三条石沟，湖水由北向东，穿城而过，注入南井、相国井和方井，再从相国井引水到西井。至于白龟池、小方井的水，则是从湖底修建的地下水道注入。

转眼十几年过去了，六井年久失修。熙宁五年（1072）秋，陈襄任杭州知州。到任之后，他便召集一批德高望重的父老，询问民间疾苦，大家几乎异口同声地说："六井不治，百姓饮水困难。"陈知州当场表示："大家放心，只要我在此地一天，就绝不会让百姓求水不得！"于是任命精通水利的僧人仲文、子珪和他们的徒弟如正、思坦主持修复工程。挖沟换砖，修补罅漏，相国井顿时水满溢流。接着，将方井朝西边迁移，远离原来脏污恶劣的环境。又将涌金门外的蓄水池分为上、中、下三个区域，禁止居民在上池洗衣、浴马等。加设两道水闸：一道将水导入三池，流向河中；一道将水导入石沟，注入南井。从此南井长年水满。所有水闸都用围墙和门锁保护起来。第二年春天，六井全部修缮完毕。适逢大旱，灾情席卷江淮以南大片地区，水井都枯竭了，有些地方的民众甚至用小瓦罐装水，作为极珍贵的礼物馈赠亲友。杭州人民依靠这六口重新整治过的水井，不仅饮水不愁，而且还有足够的清水用于洗澡和喂养牲畜。当时我担任杭州通判，这些都是我亲身经历、亲眼所见。

元祐四年（1089），我以龙图阁学士的身份出任杭州知州。十八年过去，沈公井早已干枯，居民离水远的，只能以七八钱一斛的价格买水饮用，军营尤其艰苦。我寻访熙宁年间主持修井的四位僧人，三人已经过世，只有子珪还在，虽年过七十，但精力不衰。于是请他出来再次主持修井。子珪认为，熙宁时虽然修缮完备，但由于使用毛竹做水管，易致废坏，建议改用瓦筒引水，筒外再盛以石槽，虽然投资较大，但一劳永逸。我采纳了他的建议，用这种办法疏通了沈公井，加固了其他各井。又从六井中引水到仁和门以外，在威果、雄节等军队营区开挖了两口井，这些都是历来离井最远、最难得水的地方。从此，西湖甘水基本上遍布全城，军民相庆，再也不用为饮水发愁了！

徐州抗洪救灾

熙宁十年（1077）七月十七日，澶州曹村的黄河大堤决口，洪水自北向南、自西向东，穿过濮州、齐州、郓州等几十个州县，向徐州扑来。但是，我们并不知道危险正在逼近，只是发现原本清澈的泗水一天天变得浑浊、湍急。八月二十日晚上，水声格外喧腾。第二天一早登上城楼，发现水流竟已抵达徐州城下。徐州城南两山环抱，不远处又有吕梁山横截，大水触山而止，无处流泻，城外汪洋一片，水位不断上涨。到九月二十一日，水位高达两丈八尺九寸，有的地方甚至超过城中平地一丈九寸，外城东南角距离水面仅六尺，洪水随时可能冲进城来，形势十分危急。洪水围城当日，我便召集当地有识之士商议，出谋划策，有父老告知："真宗天禧年间大水，曾经修筑过两道防洪大堤，成功地挡住了洪水。一道从小市门外，沿护城河向南，往西与戏马台山麓相连；另一道从新墙门外，沿护城河往西，与城下南京门北面相连。"

这番话启发了我，可以学习前人经验沿护城河筑堤。于是火速调集五千民工，与驻守徐州的禁军一起，夜以继日地修筑防洪大堤。大堤修成的第二天，洪水从外城的东南角涌入，被大堤成功挡住。在洪水未到时，堤墙上有六个出水孔，是用柴草、土囊等从城外堵住的，另外几个则是从城里堵住的。等洪水抵达之后，从城里堵住的出水孔都被冲开了。取土筑堤时在城里挖出的十五个大坑，全都积满了水。城里的水井也有些溢出了井沿。为了巩固堤防，又在城里依城墙加筑一道长堤，长九百八十四丈，高一丈，宽两丈，并将数百艘公私船只停泊在城下，减缓洪水对城墙的冲击。

　　就这样万分紧张地坚持到十月五日，洪水才渐渐退去。站在城楼上眺望四野，一片苍凉，令人心碎！曾经郁郁苍苍的千里禾麻，皆已扫荡一空！城外人家的屋瓦上残留着厚厚一层洪水带来的泥沙，高大的乔木上竟然挂着几艘木船。所幸的是，徐州城终于得以保全，满城军民安全渡过险境，没有造成重大的人员伤亡，城里的建筑也基本完好无损。当我满身疲惫地从坚守了七十多天的城墙上下来，回到城里，整个人仍十分恍惚，就好像做了一场极为凶险、漫长的噩梦。差一点，全城人都将被洪水吞没，与鱼虾为伍。想想都觉得后怕！

　　稍事休整后，我开始筹划加固防水工程，以防明年洪水再来，保证农业生产能正常进行。希望有朝一日能站在坚不可摧的城墙上，谈笑自若地看洪水像驯服的巨龙，按照我们指定的路线奔腾而去。那时，农民无忧无虑地在自家的田地里劳作，金灿灿的秋谷像云一样布满郊野。经过一番精心的考察和预算，我拟订了一份工程计划，上报朝廷。

　　第二年二月，朝廷拨款两千四百一十万，我用这笔钱征调了四千零二十三名民工,接着朝廷又发放了常平钱六百三十四万,米一千八百余斛,募集了三千零二十名民工。我们改筑了外小城,建造了四道长堤,城里的十五个大坑也都填平了。

徐州处于汴水和泗水的下游,前后二百余里都是群山环绕,一旦涨水便十分危险,所以我还特别撰写了《熙宁防河录》一文,收藏在有关部门,便于后来者了解详情。

遭遇乌台诗案

　　元丰二年（1079），我在湖州任知州。七月的一天，祸从天降，御史台忽然派人来抓我进京，罪名是作诗谤讪朝政。见来人气势汹汹，心想：完了！这次进京可能难逃一死。于是匆匆给弟弟子由留下一封书信交代后事，并与家人诀别。

　　变起仓促，全家老少都吓坏了。当我被拘捕官押着走出州府衙门时，全家老少呼天抢地跟随在后。我心如刀绞，不知如何安慰妻儿，忽然想起一个故事：

　　真宗曾下令寻访天下隐士贤人，有人推荐杞人杨朴，说他长于作诗。真宗很感兴趣，立即召见，令杨朴当场作诗。杨朴连说不会，真宗问："那么，临行前有人作诗给你送行吗？"

　　杨朴说："没有，只有臣的妻子写了一首绝句：'且休落魄贪杯酒，更莫猖狂爱咏诗。今日捉将官里去，这回断送老头皮。'"

　　真宗听罢大笑，随即下令放归山野。

　　这个故事我家人都非常熟悉，不时还会拿来调侃我。所以，我回头对妻子说："你不能像杨处士的妻子一样，写首诗送我吗？"

妻子忍不住破涕为笑。

我的大儿子苏迈刚刚二十岁，御史台官吏允许他徒步相随，跟我进京。家里只剩下孤苦无依的妻子和两个不谙世事的儿子苏迨、苏过，以及一群六神无主的丫鬟、仆佣。

危难之际，幸亏还有我的两位学生王适、王遹兄弟。他们一直将我送到城郊，然后返回城里，帮助我的家人收拾家当，租借船只，护送他们前往南都，投奔我弟弟子由。客船行驶到宿州时，御史台要求抄家的指令已下达到各州郡。宿州官府大张声势，派遣官吏和士兵，将我家人乘坐的船只团团包围，一群人闯入船舱，翻箱倒柜，吆五喝六，全家老幼几乎被吓死。抄家的人走了以后，我妻子情绪失控，一边抹泪，一边骂道："这么喜欢著书立说，书写成了又有什么好处？把我们害得好苦啊！"

一气之下，把搜查剩下的手稿全烧了。

我被押赴汴京途中，想到终究难免一死，不愿在监狱遭人凌辱，经过扬子江时，曾设法投江自尽，但被看守阻拦，没能成功。进入御史台监狱之后，因为不堪欺侮，也曾绝食求死，并写下两首诗歌，托较为友善的狱吏梁成将来转交给子由弟。听说子由弟为了救我，上疏朝廷，请求削除自己的官职给我赎罪。唉！真是惭愧啊！我死之后，留下孤儿寡母还得拖累他！可是，事已至此，又能怎样呢？只能祈愿来生再做兄弟，那时我一定好好照顾他。我还听说，我曾经任职的杭州、湖州两地的百姓，已经连续好几个月举行解厄道场为我祈福，如此深情厚谊，今生无以为报！

正当我在残酷的审讯中求死不得之际,神宗皇帝派使者来监狱,对狱吏的行为严加约束,从此狱吏们不敢过于蛮横凶暴,情况才有了好转。我也因此知道,皇帝无意置我于死地,重新有了活下去的信心。

在监狱里先后关了一百多天,十二月二十六日,朝廷公布了对我的处分决定:责授水部员外郎、黄州团练副使;本州安置,不得签书公事。子由弟贬为监筠州盐酒税务。还有很多朋友也因为我,受到不同程度的处罚。除了深感愧疚,我也没有其他话可说。

十二月二十八日,我终于走出了阴暗的监牢。一阵清风扑面而来,骑在马上,听着翩翩飞舞的鸟儿叽叽喳喳地歌唱,感觉真好!和迈儿找了一家小酒馆坐下来,面对美酒佳肴,不禁有些恍惚,好像过去的那一百多天只是做了一场噩梦。哈哈!三杯小酒下肚,诗兴又上来了!既然这场灾祸已经过去,就让它过去吧,用不着再思前想后。毕竟,身处官场,祸福、升沉不是很常见的事吗?当然,我也知道,这辈子我吃亏就吃亏在喜欢舞文弄墨。但是塞翁失马,焉知非福?既然已经侥幸逃脱灾难,苟全性命,将来就尽量低调做人吧!

躬耕东坡

谪居黄州一年之后,手头的积蓄即将用光,接下来靠什么生活,我的心里没有一点底。读书做官是我生来所学到的唯一的谋生手段,如今俸禄没有了,人口却不少,真有些一筹莫展。唉,要是有一块地,男耕女织,自给自足,该有多好!有一天,偶然跟好友马正卿说起这番心事,没想到他立即付诸行动,想方设法,四处奔走,终于从官府获得许可,批给我一块废弃的营地,用于垦辟耕作。

说起马正卿,可真是个奇男子。二十年前,他在太学做太学正,协助太学博士施行教典、学规,对违反学规者,根据教典予以不同等级的处罚。此外,每次季考后二十天,还要对学生的品行、学习等情况进行一次考核,将成绩上报太学博士。太学正只是一个正九品的小官,地位卑微,而正卿又是个刚正不阿、坚持原则的人,所以在太学里既不受学生欢迎,也不被博士们待见,日子过得很憋屈。有一天,我到他宿舍去玩,一时兴起,在他的墙壁上题了一首杜甫的《秋雨叹》:"雨中百草秋烂死，阶下决明颜色鲜。著叶满枝翠羽盖，开花无数黄金钱。凉风萧萧吹汝急，恐汝后时难独立。堂上书生空白头，临风三嗅馨香泣。"谁知正卿读了这首诗后，当天就递交了辞职报告，从此再也不做官了。如今满头白发，但性情一点也没变。这些年来，他一直跟随在我身边，如今我丢了官，他也不肯离去。所以我经常跟他开玩笑："你若想发财，跟着我就好比在乌龟壳上刮毛做毯子。"

正卿申请到的这块地，位于黄州城东门外的小山坡上，有五十余亩，已经荒废十余年，残垣断壁，荆棘丛生。我们全家老少总动员，早出晚归，拆除坍塌的营垒，清理遍地的瓦砾。适逢大旱连月，土地干裂板结，似乎和断砖残瓦也没什么区别，真让人怀疑即使勉强种下粮食，最终能否有所收获。如果不是被逼到了绝路，谁又肯拼尽全力来追逐这渺茫的希望？

拓荒的劳作漫长而艰辛，幸亏有许多新朋旧友前来助力。正卿自然是一马当先，左邻右舍也纷纷帮忙，出力最多的是潘丙、郭遘和古耕道。潘丙多次参加进士考试都没有考中，现在江对岸的樊口开着一家小酒馆；郭遘是唐代名将郭子仪的后裔，在黄州城里经营药铺；古耕道是当地出了名的热心肠，跟唐代薛调的小说《无双传》里那个富平县侠客古押牙一样见义勇为。他们几乎每天从早到晚都跟我在荒地上劳作，累了就席地而坐吃几口干粮。

经过连续多日的辛勤开垦，这片荒地终于稍有起色。站在坡垄上，我开始规划每处土地的用途。低矮潮湿的地方可以种稻子，东边地势平缓的地方则种些枣树、栗树，还得种上些桑果树，江对岸的王文甫早已答应要送我一批树苗。文甫是嘉州犍为人，现居武昌，跟我是蜀地老乡。武昌西山风景优美，我很喜欢乘船过江游玩，遇上风急浪高，不能回来，就去文甫家住上几天，每次文甫都杀鸡宰鸭，热情地招待我。竹子是我平生最爱的植物，自然也很想种上一片，但它的生命力极其强盛，就怕到时候竹根乱长，影响其他作物的生长。另外，将来有余力，还想在这里修几间房子，也得预留出一块空地。老友李常也许诺，送给我一些柑橘树苗，到时候就种在屋前屋后，秋冬时节，青色的、黄色的柑橘挂满枝头，那该多美！

正盘算着，忽见烧荒的童仆兴冲冲地跑了过来，说是发现了一口暗井。太好啦！虽然不敢期望从此丰衣足食，但只要有了水源，再贫瘠的土地也能种出点粮食来！我们溯流探源，发现井水来自远处柯山上一道细细的山泉。山岭下是一口十亩见方的水塘，当地人叫柯氏陂，这便是井水的真正源头。连续数月的干旱，池塘水位降低，泉水也枯竭了，昨夜一场大雨，水涨泉流，才又沿着故道叮叮咚咚地流到了这边的荒地。细细勘察一番之后，我决定在这里筑水坝、修渠道，保证水流不竭。呀！将来便可以在这里种上一大片水稻。作为眉山人，种水稻的乐趣我可是耳熟能详。清明前播下稻种，毛毛细雨中，针尖般的新芽破壳而出，田间道左，笑语声喧，大家争相观看；初夏时节分秧插稻，禾苗在初夏的清风中一天天长高，月明之夜，颗颗露珠悬挂叶端，晶莹剔透；等到秋来霜降，沉甸甸的稻穗压弯了稻秆，田垄间蚱蜢群飞，沙沙作响，犹如微风细雨——这小虫子虽然长得像蝗虫，但是不害稻，所以不用担心；新春好的大米，立即上灶蒸煮，洁白如玉，香气诱人，想想都让人忍不住咽口水……

等一切整治完毕，种稻已经来不及了，于是先种麦子。令人高兴的是,播种不到一个月,就长出了绿油油的麦苗。不过当地农民告诉我,麦苗过于茂盛,反而不利收成,应该趁苗叶最盛的时候,将牛羊赶到地里吃叶、践踏。我听从农夫的指点,果然获得了丰收!

这一年自产大麦二十余石。当时家里的大米刚好吃完了,市面上米价极贵,于是每天捣麦做饭,用酸浆浸泡之后,味道甘酸浮滑,咀嚼起来,啧啧有声。吃饭时,孩子们互相打趣,说是嚼虱子,惹得全家哄堂大笑。后来,我又别出心裁,将大麦与小豆掺杂做饭,风味十分独特,老妻笑着说:"这是新式的二红饭嘛!"

老妻生长在乡镇小康之家,以往虽然没有参加过劳作,但是耳闻目睹还是积累了不少田间生活的知识。有一次,我家的耕牛害了重病,几乎要死了。仆人请来牛医,诊治再三,不明其状。老妻听说后,亲自到牛棚一看,便说:"这头牛发豆斑疮了,应当给它喂一点青蒿粥。"仆人立即煮了一大锅青蒿粥,耕牛吃过,果然很快好了!

这样的日子虽然辛苦,但也充实、有趣,我也算是一个烂泥塘里的"陶渊明"了!

拯救弃婴

元丰五年（1082），我在黄州。一天，客居鄂州的王天麟来访。席间，偶然说起一件事情，我听了之后，难过得吃不下饭。

天麟跟我们讲：岳州、鄂州的老百姓，通常只养两男一女三个孩子。如果多生了，就杀掉。尤其不愿多养女儿，所以民间男多女少。婴儿刚一出生，就会用冷水淹死。婴儿的父母其实也深感不忍，背过脸，紧闭双眼，双手将婴儿按在水盆中，婴儿啼叫许久才死。去年夏天，神山乡有个叫石揆的，他妻子一胎生了四个，石揆便连杀两子。因为无法承受这种巨大的痛苦，最后母子皆亡。天麟每次听说附近有类似情况，便赶紧跑去抢救，给他们送一点衣服、食品，挽救了不止一个婴儿的性命。被救的婴儿，只要养育十天半月，哪怕有些没有子女的人想领养，做父母的一般也不愿意。可见父爱、母爱的天性仍在，只是受到当地恶劣习俗的影响，不以杀子为罪。听说鄂州有个叫秦光亨的，如今已经科举及第，在安州任司法参军事。母亲怀他时，舅舅陈遵一连两天梦见有个小孩拉扯自己的衣服，看起来十分焦急。陈遵想到姐姐即将临产，但不想再多要孩子，这个奇怪的梦莫非是因为这件事情？于是连忙前往探看。当他赶到姐姐家时，小孩果然已经降生，刚被摁进冷水中。幸亏他及时赶到，将孩子救了下来。这件事情，鄂州老百姓家喻户晓。

当时，我的老朋友朱寿昌正在鄂州任知州，他是一位至情至性的大孝子。我想，他应该并不知道鄂州有这样的恶俗。所以，当天晚上，我就给他写了一封长信，告知此事。按照朝廷法律，故意杀害子孙，处以两年徒刑，地方长官有权惩治。我给寿昌提了三点建议：第一，明确要求各县县令、县尉，让他们召集各乡保正，将朝廷法令明文告知，以善恶有报的道理加以说服教育，严格督促他们身体力行，并积极向乡邻百姓传达，还要将法律条文用醒目的大字，写在各处交通要道的房屋墙壁上。采用一切方法进行普法教育。第二，奖励告发杀婴者，奖金则从犯人及其邻里的罚款中支付。如果是寄居此地的异乡人犯下杀婴之罪，则连同租借房屋与土地给他的地主一起处罚。因为，妇女怀孕周期漫长，邻居、地主不可能不知情。如果最后婴儿被杀，他们知情不报，那就是同犯，对他们处以罚款理所应当。只要依法处置一批人，杀婴恶俗便自然会被革除。第三，对于那些家境贫困，确实没有能力养育更多子女的家庭，官府应设法给予适当救济。人非草木，孰能无情？只要孩子出生时没被杀害，过后就算你逼着他杀，他也不会答应。

西晋名臣王濬曾任巴郡太守，当时巴郡也盛行杀婴恶俗。王濬一方面严明法纪，另一方面减轻老百姓的徭役赋税，使他们不敢杀婴，且有能力养育子女，从而使数千名婴儿得以长大成人。后来，王濬受命攻打吴国，当年救下的婴儿都已长成健壮的青年，纷纷应征入伍，父母告诫他们道："你的命都是王府君给的，应该义无反顾地为府君效命。"最后，王濬带领着他的威武之师，攻破了吴国，完成了统一大业。

熙宁八年（1075），我在密州，遭遇大饥荒，走投无路的老百姓纷纷抛儿弃女。我通过一番精打细算，从官仓匀出一些财米，单独存放，用来奖励那些收养弃儿的人家，每个月给他们补贴六斗米。年深月久，弃儿与养父母之间建立了感情，不至于流离失所，这样也挽救了数十人的性命。

王天麟走后，我从黄州的朋友那里了解到，黄州同样有杀婴恶俗。于是，便与热心仗义的古耕道商量，成立一个慈善组织，由他出面动员当地富户，每户每年捐十千钱，多多益善，用于买米、买布和棉絮之类的日用品，由古耕道管钱，安国寺僧人继莲管账。大家一起探访邻里间极为贫穷而无力养育子女的人家，给予适当救济。身为谪官，我虽然经济窘迫，自顾不暇，每年也捐献十千钱。如果一年能挽救一百个婴儿的性命，自是谪居生活中一大乐事！

李委吹笛

　　元丰五年（1082）的十二月十九日，是我的四十七岁生日，朋友们大张旗鼓地在赤壁矶摆酒设宴。踞陡崖，临江水，俯视鹘鸟的巨巢，临风把酒，意兴浩然。正当酒酣耳热之际，忽听笛声从遥远的江心隐隐传来，极为悠扬悦耳，大家都不约而同停止了喧哗，侧耳细听。郭遘和古耕道都精通音律，他们评价道："这笛声颇有新意，不是一般乐工能吹奏出来的。"

　　不一会儿，一艘小船破浪而来，船上站着一位少年书生，只见他头戴青巾，身着紫色皮袄，腰间别着一支玉笛，神情爽朗，气质不凡。小船渐渐靠近赤壁，少年拱手向我行礼。原来，这书生名叫李委，听说今天是我的生日，特意谱了一支名为《鹤南飞》的新曲前来祝寿。

　　我连忙邀请他入席就座。坐定之后，李委首先献上《鹤南飞》，接着又即兴吹奏了几支新曲。笛声穿云裂石，时而超轶绝尘，令人昂首向天，飘飘欲仙；时而哀怨悲凄，仿佛乘鹤高飞，来到九疑山上,听到娥皇、女英悲悼虞舜的哀哀歌哭,不禁勾起内心深处投闲置散、老死蛮荒的幽幽愁思……"此曲只应天上有",我几乎不能相信,如此美妙的笛声,竟然不是来自琼楼玉宇的月宫仙境,也不是来自擅长描写山水清音的龟兹古国的宫廷乐师。在座的人全都听得入了迷,其时风起水涌,水底的游鱼都浮了上来,随着乐曲在江面起舞;山头的鹘鸟也扑扇着翅膀高高飞起,伴着旋律在空中盘旋。

几曲吹过,大家连声叫好,一齐满饮一杯。李委从袖中取出一幅精美的素绢,请我为他题诗一首。我朗声大笑,写道:

山头孤鹤向南飞,载我南游到九疑。下界何人也吹笛,可怜时复犯龟兹。

这一天,大家痛饮狂欢,大醉而归。

庐山游记

元丰七年（1084）正月，朝廷下发了诏令，将我酌情迁移到离汴京较近的汝州安置。怀着依依不舍的心情，我离开黄州，先去筠州看望四年不见的子由弟一家，途中经过庐山。

初入庐山，但见奇峰异石，山谷秀美，移步换景，令人应接不暇，叹为观止，绝非人类的语言所能描述。因此，便与同行的友人参寥约定，此行决不作诗。

奇怪的是，不知为什么，所到之处，山中的和尚和百姓纷纷奔走相告，兴奋地说："苏子瞻来啦！苏子瞻来啦！"此情此景，令我十分诧异，如今的我不过是朝廷的一名罪官，没有任何值得钦慕的身份，自费来庐山旅游，没想到山上的人居然都认识我，而且表现得如此热情。说实话，我的心里确实非常开心，于是忍不住脱口吟诵道：

芒鞋青竹杖，自挂百钱游。可怪深山里，人人识故侯。

诗刚出口，便意识到自己仍没有摆脱对身外虚名的沾沾自喜，随即为这种浅薄的虚荣心自嘲了一番。

庐山的景色奇幻而多变，缥缈难测，就像一位高傲的丽人，初次见面，蒙着一层轻纱，在屏风后面若隐若现，决不肯与人随意亲近。虽然游玩好几天了，但庐山的整体风貌仍然难以描述。看来要想识得这位"绝代佳人"的真容，只能等待将来有机会再次前来，那时候我们可就是老朋友喽。既然已经打破了"决不写诗"的约定，于是我又写了第二首诗：

青山若无素，偃蹇不相亲。要识庐山面，他年是故人。

多少年来，我一直向往庐山，曾无数次神游。走在幽峭的山林间，欣赏着绮丽而奇诡的风景，我的心中蓄满了惊叹与喜悦。简直不敢相信，这云霞、这雾霭、这满眼的层峦叠嶂，竟已如此真实地出现在我的周围，不再是虚幻的梦境，于是我又写了第三首诗：

自昔怀清赏，神游杳霭间。如今不是梦，真个在庐山。

这天，刚好有朋友给我寄来了亡友陈令举所作的《庐山记》，这本书考据精核，对庐山的每处景物都有十分详细的介绍，是此行最好的旅游手册。我边走边读，顺着书的指引，来到了开先寺。寺庙后面的瀑布是庐山南麓数十道瀑布中最为壮观的一道，唐代大诗人李白那首《望庐山瀑布》就作于此处。诗歌写道：

　　日照香炉生紫烟，遥看瀑布挂前川。飞流直下三千尺，疑是银河落九天。

全诗俊逸飞扬，气象宏阔，以出人意表的夸张与想象生动再现了庐山瀑布的壮美景致，带给人力与美的双重享受。除了李白的庐山诗，令举的书中还载录了中唐诗人徐凝的《庐山瀑布》一诗：

　　虚空落泉千仞直，雷奔入江不暂息。今古长如白练飞，一条界破青山色。

我觉得这首诗既无气魄，又无想象，将飞崖直下、势不可当的瀑流写得轻飘无力，毫无生气，读过之后忍不住笑出声来。欣赏过瀑布之后，我们便进开先寺游玩。寺中住持向我求诗，于是顺手写道：

　　帝遣银河一派垂，古来唯有谪仙词。飞流溅沫知多少，不与徐凝洗恶诗。

我在山南山北先后游玩了十几天，处处景色绝胜，难以一一描述，其中最美的是漱玉亭和三峡桥，为此写下《庐山二胜》(包括《开先漱玉亭》和《栖贤三峡桥》两首)。

此次庐山之旅的最后一站是西林寺,陪同我前往游玩的是东林寺长老常总禅师。头天晚上我住在东林寺,与常总禅师彻夜长谈,深受启发。联想到这几天庐山观景的感受,我意识到,不识庐山真面目的原因,除了时间的局限之外,还有空间的局限。身处山中,无论换到什么角度,看到的无非都是局部的景象。因此,认识庐山的真面目,既要打破时间的限制,更要跳出空间的限制,从更大的、更广远的视野去观察。想到这里,我写下了这样的诗句:

横看成岭侧成峰,到处看山了不同。不识庐山真面目,只缘身在此山中。

神奇的圣散子

从古至今，只要说起疾病，伤寒就是最危急的一种。得了这种病，时冷时热，时虚时实，一天之中症状变化多端。到底该驱寒，还是该清热？是该补，还是该泻？失之毫厘，差之千里，严重的还会病重不治。但是，用圣散子这种药，什么都不用问，无论风寒风热，无论男女老幼，病情危急的病人，连服几剂，就能发汗通气，慢慢就能吃东西了，精气神也很快能完全恢复，不用再服其他药物。症状较轻的病人，服药之后胸口和额头微微出汗，保证马上康复。此药药性偏温热，但热毒发疯的病人，吃了之后反而觉得清凉舒爽。实在无法用常理来解释。如果碰上疫病流行，用大锅熬上药汤，不管男女老少，每人喝上一大碗，全家都不会感染时疫。平时居家没有生病时，空腹服上一剂，还能开胃健脾，食欲大增，百病不侵。真是济世救人、保护家人的灵丹妙药。

谪居黄州时，连年瘟疫流行，我邀集了几个热心公益的朋友，大家一起捐钱，按照圣散子的配方，购买了一批药材。在路旁架起炉子用大锅熬煮，过往行人，每人免费喝上一大碗，救人无数。

十年后，我在杭州任知州，又一次遇上大流感，很多人都病倒了。我立即拨出公款，安排可靠的人员，按照圣散子的配方购买药材，在楞严院大批量熬制药汤，向全体民众免费发放。这一次的施药行动，从当年立春后，一直持续到第二年春夏之交。为了保证施药资金不断，我还号召社会捐款。圣散子这个药方，用的大都是价格低廉的药材，大约一千钱就能买到一千服药，可以让一千人受益。这么价廉物美的药方，当然应该大力推广。

这个药方也不知最先由谁发明，我是从眉山老乡巢谷那里得来的。通常人们如果拥有秘方，都不愿公之于众，巢谷也是这样。巢谷见多识广，手中有不少好药方，圣散子是他最看重的，甚至没舍得传给自己的儿子，我苦苦哀求，好不容易他才松口。巢谷在传授这个药方之前，专门把我带到江边，让我指水发誓，绝不传给别人。但我认为，秘而不宣过于狭隘，好的药方就应该让更多人知道，发挥更大的作用。因此，不顾巢谷反对，又将这个药方传给了蕲州名医庞安时。庞安时不仅医术高超，而且善于著书。希望安时将这个药方及其原理著录在书中，传之后世。这样也能使巢谷之名与这个药方一同不朽。

吴郡的陆广秀才也有这个药方，他毫不吝惜地拿出来与大家共享，还捐助了很多药材。陆广秀才的药方是智藏寺住持禅月大师宝泽传给他的，宝泽是我的老乡。

合浦遇险记

元符三年（1100）正月，皇上（哲宗）重病去世，今上（徽宗）即位，大赦天下，朝廷将我移至廉州安置。五月中旬我收到诏令，六月启程离开生活了三年的儋州。六月二十日夜里顺利渡过琼州海峡，来到雷州州治海康县。然而，从海康前往廉州州治合浦县的旅程却十分艰辛，充满危险。连续多日遭遇大雨，桥梁都冲毁了，大水无边无际。

我们从兴廉村的净行院下水，乘小舟到官寨。来往行客告知，从这里开始往西的地方都在涨水，没有桥梁可以通过，也没有船舶行驶。情势如此，只得听从他们的建议，乘坐当地土著蜑民的渔船，从海上前往白石。

那天是六月三十日，天上没有月亮，我们乘坐的小船停泊在茫茫大海中，天水相接，星河满天。我既无法安睡，也无心欣赏海天夜景，环顾四周，不禁喟然长叹："为什么我要经历如此之多的险境呢！几天前幸运地渡过了琼州海峡，难道却要在这里遭遇不测？"

儿子苏过在旁边鼾声如雷,叫都叫不醒。我随身携带着平生心血之作《东坡易传》《东坡书传》以及《东坡论语解》,这些著述都仅有手稿,尚无抄本。难道它们都要随我葬身大海,不得流传后世吗?

心情极度低落之际,我想起了孔子,当年在匡地遭遇围困,生死一线,但夫子安于天命,坦然自在,他说:"周文王去世后,礼乐文化都在我这里了。如果上天想要毁灭这种文化,那就不会让我掌握和继承;如果上天不想毁灭这种文化,匡人又能拿我怎么样?"

想到这里,我的心情顿时安定下来,抚摩着我的三本著述,感叹道:"如果上天不想毁灭这些文化成果,我们就一定会顺利渡过这片海域!"

师友逸事

淡泊坦荡的王大年

嘉祐七年至八年（1062—1063），我在凤翔任职时，结识了王彭。王彭字大年，太原人，担任凤翔府监军的官职。我和他比邻而居，天天跟他在一起。当时，太守陈公弼对待下属十分严厉，就连相邻州郡的官吏们提起他的名字都感到害怕，他的下属更是俯首听命，连大气也不敢出。只有王大年从容自若，神情和言辞从不显得卑微，陈公弼也很尊敬他。刚开始，我觉得很奇怪。就向了解王大年的人打听，他们都说：

"他是开国元勋、已故武宁军节度使王全斌的曾孙，武胜军节度使、观察留后王凯的儿子。作为将门之子，少年时代他曾跟随父亲在甘陵讨伐贼寇，浴血奋战。他率领的部队斩杀了七十多名贼兵，他自己也亲手射杀了两名敌寇。可是，评定军功时，却没有得到朝廷封赏。有人劝他上疏申诉，他却笑着说：'我是为朝廷、为国家而战，难道是为了个人的封赏吗？'"

听说了这些事迹，我打心眼里敬佩大年的德行和才华，于是跟他交朋友。大年学识渊博而精深，无所不通。他十分喜欢我的文章，每当我有新作，他必定击节称叹，欢喜终日。我原本不懂佛法，他为我提纲挈领加以讲解，非常深入而且有所依据，让人深信不疑。日后我之所以喜欢佛教典籍，大概就是受到了他的影响。

在那之后，王大年做了将领，我听说他自请戍守边疆，宰相韩琦和文彦博也都认为他可堪重用。仁宗皇帝正要委以重任，大年却不幸病逝。他的儿子王谠因文采斐然、长于议论而闻名于世，曾跟随我学习。我虽然感伤王大年怀才不遇的命运，却为他有一个优秀的儿子而高兴。王大年下葬时，我写了一首诗寄托哀思：

> 君之为将，允武且仁。甚似其父，而辅以文。
> 君之为士，涵咏书诗。议论慨然，其子似之。
> 奔走四方，豪杰是友。没而无闻，朋友之咎。
> 骥堕地走，虎生而斑。视其父子，以考我言。

墨竹大师文与可

文同，字与可，梓州永泰人，皇祐元年（1049）进士。他是我的表兄。他最后一任官职是湖州知州，所以人们又称他为文湖州。

他是一位杰出的画家，首创以浓墨为面、淡墨为背的画法，通过墨色的深浅变化，表现竹子的远近、向背，形成墨竹一派，又称为"文湖州竹派"。与可不仅善于绘画，而且长于书法，无论是行书、草书、篆书、隶书，都有过人之处。

作为书画家，与可对质地上乘的绢帛、纸张情有独钟。每每见到良绢美纸，就忍不住奋笔挥洒，画完之后任凭旁观的人你争我夺抢回家去，不跟他说一声，他也不见怪。所以，有人为了获得他的字画，便故意预先在他能见到的地方摆上最好的纸笔墨砚，诱他上钩。但与可是个有心人，时间一长，明白了其中的奥秘，后来见人设纸置笔，便强令自己避开，虽然一步几回头，终究不肯再入圈套。有个人想得到他的一幅画，无数次使用这个别人传授的秘招，花了整整一年也没能得逞，终于忍不住发问:"近来你好像不大作画了?"

与可答道:"哦,我以前心性修养功夫不够,常常感到不畅快,没有办法排遣,只能通过画墨竹的方式自我调节,这是一种病,现在我的病好了。"

不过,以我的观察,与可这病好不了,时不时地还会发作,便打算趁他发病的时候抢他几幅画。

随着与可的名气越来越大,上门求画的人更加络绎不绝,他们从四面八方送来的细绢画布,堆满了与可的书房。还不完的画债令与可不胜其烦。一天,他忍无可忍地将画布全部丢在地上,骂道:"我要拿这些东西做袜子!"

很快,这件事便被人们当作谈资四处传播。

熙宁初,我曾在汴京跟随与可学画墨竹。熙宁十年(1077)我在徐州任知州,与可在洋州任满回京后,便写信跟我说:"我跟那些求画的人说了:'咱们墨竹一派,最近以徐州为盛。'哈哈!你等着吧,做袜子的布料马上就要聚集到你那里啦!"

当时我正在徐州任上,徐州古称彭城。他还在信的末尾附了一首诗,其中两句是:

拟将一段鹅溪绢,扫取寒梢万尺长。

我开玩笑道:"画万尺之竹,需要用二百五十匹细绢,我知道你懒得画画,不过是想要那二百五十匹绢布罢了!"

与可不知如何回应,只好说:"我不过瞎说罢了,世上哪有万尺之竹?"我答道:

世间亦有千寻竹,月落庭空影许长。

与可读罢,笑着说:"你真是太善于诡辩!不过,要是有二百五十匹细绢,我还用得着奔波仕途吗?早拿着买田回家养老啦!"

于是,他将自己所画的《筼筜谷偃竹图》送给我,并说:"此竹虽只数尺,却有万尺之势。"

筼筜谷在洋州。与可在洋州时,曾让我做《洋州三十咏》,歌咏洋州的三十处景物,筼筜谷就是其中的一处。我写道:

汉川修竹贱如蓬,斤斧何曾赦箨龙。料得清贫馋太守,渭滨千亩在胸中。

收到诗歌那天,与可夫妇刚好在筼筜谷野炊,晚餐吃的就是烧竹笋,打开信封,读到诗句,不禁大笑,饭菜喷了一桌。

虔州隐士钟子翼

我十二岁那年,父亲从江南游历归来,跟我说:"我南游到虔州时,结识了一个叫钟子翼的隐士,他经常带着弟弟钟概和我结伴出游。我们曾一同登上马祖岩,追思唐代高僧马祖道一禅师的遗风逸响,俯瞰虔州城全景;我们也曾一同游览天竺寺,欣赏寺中珍藏的白居易手迹。我不饮酒,子翼还特意准备了甜酒招待我。"

那时,我父亲还是一介平民,名声并不显赫,旅途之中,常常遭人轻慢。只有钟子翼独具慧眼,知道我父亲才德超凡,因而格外敬重他。

父亲江南之旅后过了五十五年,我从海南返回内地,途经虔州,寻访父亲当年的遗迹。可惜老一辈人都不在了,钟子翼也已经去世三十一年。

我见到了子翼先生的儿子志仁、志行、志远,谈起父辈的情谊,想到岁月如流,兴亡代谢,感慨万分,不禁相拥而泣。虽然我从未见过子翼先生,想起来却有如亲人般的亲切。没有什么可以表达我的哀思，所以写下这篇文章。

先生名棐，字子翼，学识渊博，品行淳厚，是江南的杰出之士。当代名臣如欧阳永叔（欧阳修）、尹师鲁（尹洙）、余安道（余靖）、曾子固（曾巩）都了解并欣赏他，可惜他终究没有得到朝廷的识拔，默默无闻度过了一生。

皇祐四年（1052），侬智高在岭南起兵造反，整个江南西路都为之震动。虔州知州曹观打算大规模征调百姓的财产，用于备战。钟子翼得知后，坚决反对。他说："侬智高肯定打不过来的，没有战事却要征调百姓财产，这就是苛政啊，百姓一定会被你吓跑。"

曹观问："不早做准备，万一情况紧急该怎么办？"

钟子翼说："同乘一艘船，遇到大风，即使是关系很疏远的人也会同心协力，共渡难关，何况是休戚与共的邻里乡亲呢？万一不幸遭遇危急情况，官府有守土之责，百姓有保家之志，那时只需稍加组织动员，便能同仇敌忾，一致对外，亲如一家，财产自然也就不分公私，哪里还用得着挨家挨户地登记征调？"

曹观恍然大悟，听从了他的意见，从而使虔州老百姓避免了一场无谓的骚扰。

子翼先生劝阻曹观的故事说明，为政者需对形势有精准的把握，不可为了官府管理的便利而滥用"战时状态"，扰乱百姓正常的生产、生活秩序。

与众不同的石幼安

　　石康伯，字幼安，四川眉山人，是已故紫薇舍人石昌言的小儿子。他进士考试落榜后，便不再参加科考。根据朝廷规定，中高级官员子弟，可以通过门荫得官，可他也不愿赴任。

　　幼安喜欢读书写诗，但并非为了闻名于世，只为自娱自乐而已。他还特别喜欢法书、名画、古器和各种各样稀奇古怪的东西，只要遇见了，不管有没有钱，都会节衣缩食去购买。

　　他在京城生活了四十年，出入街巷，总是安步当车，从来没有骑过马。在熙熙攘攘的人群中，他眼观六路，耳听八方，目光炯炯，精神矍铄，一门心思寻找自己珍爱的宝物。他身长七尺，留着一脸浓密黑亮的络腮胡子，风神气度酷似画中的道人剑客，徒步行走在红尘滚滚的十里长街，若有所思，若有所求，不认识的人都以为自己遇见了世外高人。

　　幼安为人风趣幽默，常常出言巧妙且一语中的，旁人个个笑得拍手顿足、前仰后合，他却若无其事、不动声色。与人交往，知道对方遇到急事难事，必定倾囊相助，比对待自己的事还要上心。有个朋友客居京城,生了重病,幼安就把他接到自己家,亲自喂汤喂药,悉心照顾。后来,这个朋友不幸病逝,幼安又自掏腰包为他购买棺木,装裹收殓。这些常人难以做到的事情,他做起来却那么自然,没有丝毫勉强。

　　但凡认识幼安的人,都知道他为人仗义。只有我最了解他。其实,幼安是一个思想深刻、见识高远的人,只是不轻易发表意见。他今年已经六十二岁了,看起来却像四十多岁的人,胡须长达三尺,非常浓密,没有一根变白。我认为,这并不是偶然的现象,正是他知道悟道、赋性自然、心境恬淡的外在表现。

用情专一的刘庭式

我在密州做知州时,殿中丞刘庭式任通判。刘庭式是齐州人,而我弟弟子由当时正好在齐州担任掌书记,听到庭式的乡邻对他的评价,大家都说:"庭式通晓礼仪,没有考取功名之前,家里打算为他娶一位乡邻的女儿,但只订了婚约还没有给女方送聘礼。后来庭式科举及第了,而那家的女儿却已因病双目失明。女方家世代务农,家境贫寒,不敢再向刘家提起婚约。有人劝庭式改娶那家的小女儿,他笑着说:'我的心早已与她相许,即使她双目失明,也决不会违背初心!'最终,庭式迎娶了盲女,和她白头偕老。"

庭式在密州任时,盲女不幸去世了。庭式十分悲伤,过了一年多,哀痛之情仍没有丝毫缓解,坚决不肯再娶。有一次,我问他:"一般来说,失去所爱才会哀痛不已,而男女之爱的产生,美貌无疑是很重要的因素。您迎娶盲女,对她不离不弃,是出于道义。可是,失去她之后,您却如此悲伤,您爱她吗?那么,您对她的爱是怎么产生的呢?"

庭式答道:"我是因为失去妻子而哀伤,无论她有没有失明,都是我的妻子。如果夫妻之爱只因美貌而生,那么色衰爱弛就是必然结果。如果是这样的话,那些在大街上搔首弄姿、卖弄风情的青楼女子岂不是都可以娶回家来做妻子吗?"

我被他的话深深打动,说:"您的德行如此淳厚,将来必成大器。"

有人嘲笑我言之过甚,我说:"晋朝名臣羊叔子,年轻时娶了夏侯霸的女儿,那时还是魏、蜀、吴三国鼎立时期,夏侯霸在魏国任右将军、讨蜀护军。后来,夏侯霸叛逃蜀汉,亲朋好友为了避祸免灾,纷纷与他断交。然而羊叔子不仅没有休弃妻子,反而与妻子更加恩爱,相敬如宾。一盛一衰之际,最能看出人的真品格。所以有见识、有修养的人,仅凭这一点便预言羊叔子将来必定地位尊贵,后来他果然成为晋朝的重臣。庭式的情况和羊叔子很相似,即使将来不能成为朝廷重臣,也一定会成为得道高人。"当时在座各位都对我这番话不以为然。

转眼间,将近十年过去了。昨天,有个从庐山来的朋友告诉我:"庭式现在庐山,担任监太平观的官职。虽然年纪大了,但依然神采奕奕,满面红光。在崇山峻岭中往返六十里,健步如飞,如履平地。而且,他修炼辟谷功法,绝粒不食,已经很多年了。"

我听说后十分欢喜,果然证明我当初所言不虚。

特立独行的方山子

方山子，本名陈慥，字季常，又号龙丘子、静庵居士，祖籍蜀地眉山，出身官宦世家。他自幼倾慕古代侠客，结交了一大帮好侠重义的朋友，这些人都把他推为老大。直到年纪稍长一点，他才收敛心神，折节读书，希望有为于世，但其志不遂。年近百半之后，便在光州与黄州交界之处，一个叫岐亭的地方隐居。住茅屋，吃粗食，丢弃华丽的车马与冠服，在山中过着与世隔绝的生活。当地的人都不知道他显赫的家世，看他头上戴着的帽子，方正高筒，很像古代的方山冠，于是都称他为方山子。

元丰三年（1080）正月，我冒着寒风前往黄州贬所，到达岐亭以北约二十里处时，忽见一人赶着一辆白马青盖的马车，从密林缓坡上奔驰而下。近前一看，我俩不约而同地发出一声惊呼。来人竟是我当年在凤翔的故交季常！十多年不见，没想到在这里相遇。得知我贬官路过此地，季常不置一词，仰天一笑，便连声邀请我去他家小住几天。

来到陈家，但见屋宇简陋，陈设粗朴，而全家上下都欣欣然有自满自足之意，令我不禁暗暗称奇。一进门，季常便忙着吩咐家人张罗酒席，全家瞬间总动员：买酒、择菜、杀鹅杀鸭，忙得不亦乐乎，引得邻居们都跑来看热闹。我在寒风冷雨中跋涉了十多天，忽然来到如此热情温暖的人家，真有宾至如归之感。我一面喝着热腾腾的茶水，一面回想起与季常初次见面时的情景。

十九年前一个晴朗的秋日，我独自骑马在凤翔西山游玩，忽见前方有位气宇轩昂的公子，手持弓箭，带着两个随从在山上打猎。一只山鹊从林中飞起，两名随从连射几箭，没有射中，年轻公子策马向前，一箭中的。我忍不住大声喝彩。于是，彼此施礼相见，互通姓名。原来这少年公子是我的上司、新任凤翔知府陈希亮的小儿子陈慥。

陈知府与我是同乡，论辈分还是我父亲的长辈。他面目严冷，寡言少语，常常毫不留情地训斥下属。节假日同僚们在一起饮酒作乐，只要陈知府出现，热闹的气氛立即降到冰点，个个语笑寡味，饮酒不乐，恨不得找借口早点离席。就连相邻州郡的官吏提起他的名字都感到害怕。与严谨自律的父亲恰恰相反，季常性情夸诞，使酒好剑，花钱如流水。有一次，他带着两名艳丽如花的侍女，从洛阳回故乡蜀地，叫她们身着青巾、玉带、红靴，一身戎装打扮，骑着骏马四处游玩，每到风景佳胜之处，便盘桓数日。这件事情在风气保守的小城传为奇闻。季常因此被父亲视为浪子。我与季常在山中相见，却一见如故，当场并辔而行，纵谈用兵布阵和古今成败，以一世豪士相互推许。

万万没有想到，十几年过去了，昔日饮酒击剑的游侠、携妓浪游的公子，忽然变成了学道求长生的山中隐士，只有那股精悍之色还在眉间隐隐显露。时间真能改变一个人啊！陈家累世簪缨，季常的父亲官至太常少卿，按照规定，子弟可以荫补入仕。假如季常年轻时愿意做官，如今应该也已经获得了很高的地位。而且，陈家在洛阳的园林宅第，富丽不亚于王侯之家，河北有田，每年能得丝帛千匹。为什么季常要放弃一切，跑到这个偏僻的山野过隐居生活呢？真令我百思不得其解。但转念一想，季常行事素来奇异，一切不能以常理推度，因此也就搁下不提。

我在陈家一住五天，不得不上路了，季常骑马远送，再三约定，今后一定常相往来，这才依依别过。

岐亭距黄州仅百里，我谪居黄州的四年中，季常曾七次来访，我也有三次前往岐亭做客。每次相聚，总是盘桓十多天，每次分别，也总是远送数十里。相知相契的友谊使我不再寂寞，我常常在心中默默祈祷：愿我们的友谊地久天长。

季常的第一次来访是在元丰三年（1080）的六月。那时，我们一家在临皋亭刚刚住定，非常希望好友来看看我的新居，但是又不免为住房迫促，没有合适的房间接待朋友而发愁。于是写信告诉季常：家中仅有一间朝西的房子是空余的，然而盛夏季节，酷热难当，所以打算到附近的承天寺借一间僧舍，或者干脆就让季常住在门前停泊的一艘旧船上。

不久，季常来到黄州，竟在小城里引起了一场不小的轰动。原来季常豪爽侠义，在江湖上颇有声望，自从挂剑归山，多少人慕名想与他交游都难以遂愿。此番来黄州，当地豪侠之士奔走相告，争相邀请他到自己家中做客。季常一一谢绝，宁愿挤在临皋亭那间火炉般的小屋子里，与老友高谈竟日，令我大为得意，于是戏作一诗，将季常比作西汉的陈遵（字孟公）。据《汉书》记载，这位嗜酒好客的侠士，深受王侯贵戚、郡国豪杰的欢迎，人人都以陈孟公登门造访为莫大的荣耀。当时有个跟陈遵同姓同字的列侯，每次去拜访人家，门人通报"陈孟公来访"，所有人都以为是陈遵，纷纷出迎，结果发现不是，大家便给这位陈孟公取了个外号叫"陈惊坐"。所以，诗歌最后两句，我不无自豪地说："汝家安得客孟公，从来只识陈惊坐。"

季常和夫人柳氏潜心佛法，夫妻二人常常一起切磋、论辩，而柳夫人的见解往往更为超胜，令季常不得不佩服。因此，我曾在诗中写道："龙丘居士亦可怜，谈空说有夜不眠。忽闻河东狮子吼，拄杖落手心茫然。"狮子吼是佛教用语，比喻佛菩萨说法时震慑一切外道邪说的神威。柳夫人出身河东望族，所以将她精湛的论辩称为"河东狮吼"。

我离开黄州时，季常再三坚持，一直送到九江。临别之际，我将四年前岐亭道上巧遇季常时以及此后三次游岐亭所作的诗歌，连同这次的惜别之作，合编为《岐亭五首》，并在诗前写下长序，留给季常，作为我们患难交情的永久纪念。

名医庞安常

元丰五年（1082），是我谪居黄州的第三个年头。朝廷似乎已经忘记了我的存在，重新起用依然显得十分渺茫。一家数口的生活需要长远、稳妥的安排，所以我想在黄州买几亩田——因为东坡毕竟是官府废弃的营地，什么时候说要收回也就收回了，靠不住。

听说州城东南三十里的沙湖镇（又名螺师店）有块地正在出售，三月七日，我便和几位朋友一同前往相田。我们一路上说说笑笑，赏花观景，甚是惬意。谁知天公不作美，忽然下起了大雨，穿林打叶，沙沙作响。仆佣带着雨具已经走远，早已不见人影。冷雨浇头，大家都十分狼狈。我却不以为意，心想：大雨既然来了，一时又没有躲雨的地方，缩成一团，东奔西窜，照样会淋湿，还不如坦然面对。于是不慌不忙，唱着歌，吟着诗，安步徐行。不一会儿，雨过天晴，山头上夕阳斜照，又是一片怡人的景象。风雨骤来骤去，阳光乍隐乍现，料峭春风带着微微的寒意，山头斜照却给人以温暖，生活就是这样变化多端、苦乐相参、悲欣交集，然而无论悲喜，都将随时光的流转消逝无痕。

沙湖的那块地我并不满意，没有成交。不过，这一趟并没有白来。沙湖与鄂州武昌县、蕲州蕲水县交界，趁此机会，武昌潘县尉前来相会，还带来了大名鼎鼎的蕲州名医庞安常为我治病。我原本患有左臂肿痛的毛病，淋了这场冷雨，病情又加重了不少。庞安常诊断后，认为病根较深，只靠吃药，难免要等发脓生疮后才能痊愈，因此热情地邀请我去他家住上一段时间，扎一个疗程的针灸。

安常耳聋，但异常聪明，极有悟性。我以指画字和他交谈，还没写上几个字，他就立即明白了我的意思，两人之间的交流几乎没什么障碍。我开玩笑道："我以手为口，您以眼为耳，我们都是奇人。"

我的臂痛完全康复后，便与安常一同前往蕲水县城外的清泉寺游玩。寺中泉水据说是东晋著名书法家王羲之洗笔之处，泉水清冽，下临兰溪，溪水西流，两旁长满兰草，景色十分幽美。我国地势西高东低，河流通常都是由西向东滚滚奔流，所以，古人说：

百川东到海，何时复西归。少壮不努力，老大徒伤悲。

水向东流，永不西归，就像时光流逝，永不再回。自古以来，年光之叹曾在无数诗人笔下萦回。例如，唐代诗人白居易就发出了这样的悲鸣："黄鸡催晓丑时鸣，白日催年酉前没。"

丑时（凌晨1点到3点）鸡鸣声声，酉时（黄昏，下午5点到7点）落日西沉，我们的生命就在这鸡鸣与落日的催促下一天天老去。然而，眼前的兰溪却是水向西流。可见，世间事物并不绝对，总有例外的情况出现。为什么人就不可以越活越年轻呢？完全没有必要像白居易那样消沉啊！

从清泉寺出来，日已西斜，我和安常在温润的春风中乘马缓行，见路边有家酒店，便一同下马，畅饮数杯。醉眼蒙眬中，看窗外月色溶溶，我俩顿觉兴致勃发，于是决定踏月赏春。

信马由缰来到一座溪桥之上，忽觉困意袭来，于是解下马鞍垫在桥上，枕臂而卧。等到酒醒时，天已大亮，四周群山簇拥，流水潺潺，仿佛瑶池仙境。两人坐在桥头，相视而笑，昨夜醉游蕲水、露宿桥头的美妙经历从此深深地留在了我的记忆中。

真高兴结识了安常这样一位好朋友，这次来蕲水真是不虚此行！

安常行医，以救死扶伤为目的，不计个人利益，他最大的爱好就是古代名人字画，是一个情趣高雅的有德君子。没想到蕲州山水如此灵秀，竟孕育出安常这样的人物！跟他交往越深，越觉得他是难得一见的奇士。

范景仁力劝仁宗立皇储

范镇,字景仁,是我特别崇敬的一位长辈。至和、嘉祐年间任知谏院。当时,仁宗即位已经三十多年,先后生下的几位皇子都不幸夭折,一直没有继承人。嘉祐初,仁宗忽然重病,朝廷内外惊惧忧恐,不知如何应对。唯有范公奋然而起,说:"天下还有比皇上及时确立皇嗣更大的事情吗?"

他不顾一切,写下章疏,竭尽全力劝说仁宗:"当年太祖皇帝舍弃自己的儿子,立皇弟太宗为继承人,体现出大公无私的博大胸怀;真宗所生六子,陛下最年幼,温王(赵禔)、昌王(赵祇)、信王(赵祉)、钦王(赵祈)皆早夭,周王(赵祐)也在九岁那年亡故。周王薨逝时,陛下尚未出生。真宗即从宗室中选拔子弟,养在宫中,以为万全之策,体现出深谋远虑的最高智慧。臣愿陛下以太祖至公之心,行真宗智慧之事,从宗室中选择贤良子弟,给予不同于其他宗室的待遇,并可让他参与政事,这样天下人心才能安定。"

几次上呈这封奏章,都没有得到回应。身为谏官,所论之事未能得到君王的认可,于是依照惯例,居家不出,请求以失职之罪罢去谏官之职。

正在这时,天上星象发生异常变化,司天监占卜显示,将有严重的事变发生。范公又上疏道:"皇嗣是一国之本。如今国本未立,万一变起仓促,灾难性后果将难以预料,还有什么事情比这更加严重呢?陛下收到臣的奏章后,没有留在宫中,而是转发给了宰相办公室,说明陛下想要大臣来执行。臣两次前往宰相办公室询问,执政大臣都找出各种托词来拒绝臣。由此看来,不是陛下不想为宗庙社稷考虑,而是执政大臣不愿意。臣私下揣测他们的意思,大概是担心一旦确立了继承人,冥冥中会对陛下的健康带来不祥。臣以为,陛下健康遭遇不祥,最多不过一死;但国本不立,万一发生天象所昭示的严重事变,恐怕就不只是一死而已。陛下若因健康原因遭遇不测,死而无愧;若因国本不立招致灾难性后果,则是死而有罪。请陛下将这个道理跟执政大臣说清楚,让他们理性地思考和选择。"

听到范公这番极为大胆的言论,朝堂上每个人都惊恐至极,忍不住双腿发抖。

不久,朝廷任命范公兼任侍御史知杂事——御史台长官御史中丞的助理。御史台是中央监察机构,范公认为,自己多次上奏请求皇帝立储,始终不被采纳,说明朝廷并不认可自己的观点,担任知谏院已经是尸位素餐,又怎可再兼任御史台官员?坚决拒绝这一任命。

执政大臣告诉范公,皇上病重时,他们曾经提出过尽快立储的问题,但皇上不置可否。如今有人在皇上面前说了许多对执政大臣不利的话,现在他们更难开口了。范公在给执政大臣的回信中说:"做事情应该考虑是对还是错,而不应该考虑是难还是易。果断迅速便能成功,拖拖拉拉注定成不了事。正因如此,自古圣贤都十分珍视机会。你们说,现在比过去难办,怎么就知道将来不比现在更难办呢?"

这之后,每次见到皇上,范公都会再三陈述,恳请皇上尽快立嗣。说到动情之处,范公泪流满面,皇上也是泪流满面。皇上说:"朕知道卿一片赤诚,卿所说都是对的,请再等三两年。"

为此,范公先后上了十九道奏章,因不被采纳,闭门居家多达百余天,请求罢职,胡须、头发都白了。最后,朝廷只能顺从他的意愿,罢去知谏院之职,改任集贤殿修撰(负责收藏、校勘典籍),后来又先后转任判流内铨(负责百官任免)、修起居注(记录皇上言行)、知制诰(起草皇上政令)等,都是皇上身边的重要职位。

范公虽然不在谏官之职了,但一有机会,仍会极力劝说皇上尽快立储。因为皇上的年纪一天天大了,立储之事更为急迫。担任知制诰时,有一天,范公严肃地叩拜谢罪之后,对皇上说:"陛下曾答应臣,如今三年已过,请陛下早定大计!"

第二年,又趁宗庙祭祀的机会,敬献赋颂,加以讽劝。

在以宰相韩琦为代表的众多大臣的共同努力下,嘉祐六年(1061)十月,立储之事才有了一些进展。仁宗告诉大家,他曾经物色过两名宗室子弟养在宫中。嘉祐七年(1062)八月,仁宗正式颁布诏令,立濮安懿王之子赵宗实为皇子,改名赵曙。

孟仰之仗义敢言

我谪居黄州时，通判孟震，字仰之，对我十分友好，我们交往非常密切。光州知州曹九章写信跟我说："仰之人品极佳，朝中士大夫都称他为孟君子。"我根据长期的观察，发现九章所言不虚，仰之真是无愧于"孟君子"的称号。

仰之是东平府人，进士及第，才具平平，但为人正直勇敢，常人难以企及。

庆历五年（1045）十一月，有个叫孔直温的人，因谋反被诛，抄家时发现国子监直讲石介生前与他有过诗书往来。当时石介去世已经四个多月，于是他的儿子遭到逮捕，还牵连到许多亲戚朋友。官府四处抓人，闹得人心惶惶。在此人人自危的时刻，仰之挺身而出，毅然给时任扬州知州的韩魏公写信，慷慨陈词。仰之认为：孔直温不过一狂妄浅陋之徒，其谋反亦不过蚍蜉撼大树，不值得朝廷为此兴造大狱。石介一生为复兴儒道殚精竭虑，忧患丛生，饱受谗毁，但始终直道而行，以他的家教家风，子弟们绝不会与孔直温这样的狂徒勾结。

这年年初，韩魏公尚在朝任枢密副使，因"庆历新政"失败，三月出知扬州。读过仰之的来信，深以为然，立即上疏朝廷。此时，尽管韩魏公已经离开中枢机构，但身为一代名臣，仍然具有重大的政治影响力，对于他的意见，仁宗十分重视。因此，孔直温一案最终没有继续深究，许多人的生命得以保全。其实，仰之与石介无亲无故，也并不认识韩魏公，只是凭着一腔正气，做了自己认为正确的事情。

仰之的官衙中有一汪泉水，十分清冽，即使大旱之年也不枯竭，我给它取名叫君子泉，子由弟为它写了一篇记文。

李公择分桃

李公择在舒州任职时，有一次和僚属去天柱寺游玩，回程路过司命祠，见道旁桃树上有一只红彤彤的大桃子，十分惹人喜爱。这只桃子长在面朝大路的显眼处，却一直没被人摘去。他们都觉得可能是神仙赐予的祥瑞之物。众人分食显然不够，大家就把这只桃子给了李公择，但公择不肯独占。当时僚属中，苏、徐两人都有七十多岁的老母亲，李公择就把桃子一分为二，让他俩带回家送给老人家。结果人人满意，比吃上了桃子还要开心。

这件事情虽小，但极能见出公择为人的品性和智慧，不可不记录下来。

病也怕狠人

今天,和朋友们一起欣赏王定国收藏的《挑耳图》,定国说是从王晋卿那里得来的。于是,我想起了一件有趣的往事。

一天,王晋卿突然耳聋了,难受得无法忍受,知道我爱好医药,收集了各种千奇百怪的药方,所以急急忙忙向我求救。我回答道:"你出身将门,哪怕断头穿胸,都在所不惜,两只耳朵聋了又能怎样,如此割舍不得?限三天之内疾病自去,如果不去,你就来割我的耳朵。"

晋卿闻言,顿时心有所悟:身病皆由心病起。当我们过分执着于肉身时,烦恼、恐惧、贪念等负面情绪便会升起,反过来又伤害了我们的肉身。

三天后,晋卿耳聋的毛病果然好了,高兴地写了一篇颂诗给我:

老坡心急频相劝,性难只得三日限。我耳已效君不割,且喜两家都平善。

人物杂记

见微知著的曹玮

仁宗天圣七年（1029），名将曹玮以彰武军节度使出任真定府路总管。三司副使王鬷受命清理和判决河北路囚徒。到定州后，曹玮对王鬷说："我看你有贵人之相，将来可能会升任枢密使，掌管全国军政。当年我在秦州任职时，听说西夏首领德明，每年都派人赶着牛羊马匹来我大宋边境，与商人进行贸易，而且还会根据买卖所得多少进行赏罚，有的人还常常因为没能完成额度而被杀。德明的儿子元昊，那时还只有十三岁，知道这个情况后，劝谏道：'我们原本是以牛羊马匹立国，如今却把这些重要的物资拱手奉给中原，得到的无非是些茶叶、丝绸之类的东西，并非生活必需之物。这些东西，只会让我们的人民变得骄奢淫逸、贪图享乐。如今还因为没能换回这些无用之物而杀人，其结果必定是茶叶、丝绸越来越多，而牛羊马匹越来越少，我们的国力岂不是越来越被削弱吗？'德明听从劝谏，不再为此杀人。我听说后，觉得这个少年见识不同一般，找人将元昊的容貌、身姿画下来，果然长得一表人才，雄奇伟岸。将来德明死了，元昊一定会成为我朝的心腹大患。那时候，您应该已经成为枢密使了。为什么不从现在开始认真地学习军事、研究边务？"

王疑虽然聆听了这番教诲，但并没有从内心信服。元昊继位后，于康定元年（1040）率军攻打延州，西部陷入战争的深渊。当时，王疑与张观、陈执中同在枢密府任职，由于我军节节败退，大臣杨义上疏建议征用边地土生土长的民兵，仁宗皇帝询问三位枢密院长官，结果他们一问三不知，于是一天之内，将他们全部罢免。

王疑的孙子王适，是子由弟的女婿，所以我才了解到这件事情。

武襄公狄青

武襄公狄青出生在一个普通的农家。十六岁时,哥哥狄素和一个叫铁罗汉的人在河里打架,结果铁罗汉溺水晕了过去,大家都以为他死了,有人立即报了官。保长赶来正要把狄素绑去见官,刚好狄青来给哥哥送饭,见到这一幕,挺身而出,说:"杀铁罗汉的人是我。你们放了我哥哥!"保长一听,于是放了狄素,打算来绑狄青。狄青说:"我不会逃跑,先让我试着来救救铁罗汉,或许还能救活。万一真的救不活,再抓我不迟。"保长同意了。狄青低头,在心中默默祝祷:"假如我这辈子不会默默无闻地断送掉,铁罗汉就一定能活过来。"接着,他一把举起铁罗汉的身体,使劲摇晃,从他肚子里挤出好几斗水来。过了一会儿,铁罗汉果然活过来了。

后来狄青从军离乡,在前线立下赫赫战功,从普通士兵一路迁升,最后做到了最高军事长官枢密使。去世后,朝廷谥号"武襄"。他早年这件事情,没几个人知道。直到他去世后,他的儿子狄谘、狄咏扶柩还乡,归葬西河,才从老辈乡亲那里听说。

　　元祐元年（1086）十二月五日，我和狄咏一同负责接待来自辽国的使节，晚上闲坐聊天时说起这个故事，我就把它记了下来。

万里传书的卓契顺

绍圣元年（1094）六月，我被贬谪到惠州，身为罪官，无法承担全家几十口人的差旅费用，只得让长子苏迈、次子苏迨带领全家大部分人口去宜兴生活——我以前在那里买过一点土地，勉强可以度日。我自己独自带着幼子苏过、侍妾朝云和两名女仆前往贬所。弟弟子由被贬谪筠州，身边也只有史夫人和他们的小儿子苏远，其他家人都留在许昌。惠州与宜兴，岭海相隔，音信难通，孩子们得不到我的消息，万分忧虑，却无计可施。当时正在苏州定慧院学习佛法的卓契顺偶然得知这一情况，毅然对苏迈说："您为何如此忧虑？惠州不在天上，只要走总是能走得到的。我为您带信前去问询。"

随后，契顺跋山涉水，风餐露宿，徒步万里，在潮湿闷热的南方瘴雾中一次次倒下又爬起来，终于在绍圣三年（1096）三月二日抵达惠州。烈日和风雨使他变得面目黧黑，漫长的旅途使他的双脚长满了茧子。拿到我的书信后，他便立即踏上归途。临行前，我问该怎么酬答他的辛劳，契顺回答道："契顺正因为无所求才会来惠州,假如有所求,应该去京城。"

几番苦苦追问,契顺才说:"从前,蔡明远只是鄱阳一个小小校官,颜鲁公在江淮间缺粮少食,明远大老远地背着大米前去救济。鲁公感慨于他的壮举,将这件事情记录下来,直到现在,大家都还记得明远这个人。如今,契顺虽没有米给您,不过付出区区万里的奔波,不知能否比照蔡明远的事例,得到您的几个字?"

我欣然应允,只是很惭愧,无论名望、节操,还是字画艺术境界,我都远远比不上鲁公。

所以我手书陶渊明《归去来词》送给他,希望这些文字能让契顺留名千古。

杭妓周韶

杭州官府乐妓周韶，多才多艺，对茶道也很有研究，收藏了很多上等好茶。蔡君谟是茶道名家，著有《茶录》一书，周韶曾与君谟比赛各自所藏茶之优劣，结果周韶胜出。

熙宁年间，苏子容路过杭州，杭州知州陈述古设宴款待，召乐工歌女助兴。席间，周韶含泪请求脱离乐籍。子容说："若能即兴作绝句一首，则可。"

周韶拿起纸笔，一挥而就，写道：

陇上巢空岁月惊，忍看回首自梳翎。开笼若放雪衣女，长念《观音般若经》。

当时周韶一袭白衣，正为家中长辈服丧。诗歌以关入笼中的白色鸟雀自比，感慨进入官府乐营多年，与父母久别，如今亲人离世，不堪回首。诗歌最后表示，长官若能开恩放她回家，将日日念诵佛经，为长官祈福。

诗歌吟诵一过，满座为之嗟叹，周韶成功落籍。乐营中的艺人纷纷作诗为她送行，其中有两人的诗歌写得最好，胡楚写道：

淡妆轻素鹤翎红，移入朱栏便不同。应笑西园桃与李，强匀颜色待秋风。

诗歌前两句承续周韶诗意，以白鹤比周韶，羡慕她从此摆脱贱籍，过上自由的生活。同时以桃李自比，还须强颜欢笑，等到秋风起时，方能落叶归根。

另一首是龙靓的诗：

桃花流水本无尘，一落人间几度春。解佩暂酬交甫意，濯缨还作武陵人。

诗歌前两句运用比兴手法，以纯净无染的桃花流水比周韶。后两句则恰当地使用典故。其一是传说故事：郑交甫遇神女，神女解下佩饰相赠。分别数步，佩饰和神女都消失无踪。其二是文学作品：以《孟子》所引楚地歌谣"沧浪之水清兮，可以濯我缨"，巧妙地拼接陶渊明《桃花源记》，以"武陵人"代指桃源隐士。大意是说，周韶寄身乐籍，好似神女与交甫相遇，而最终她将远离红尘，回到自己的桃花源中，过上清净的隐居生活。

由此可知，杭州人确实是非常聪慧，多才智出众者。

张士逊诬陷孔道辅

宝元元年（1038）十二月，孔道辅被任命为御史中丞。随后负责审查开封府吏冯士元违法侵占他人财产并私藏禁书一案。在此过程中，孔道辅依法审理，刚正不阿，深得仁宗赏识，有意将他晋升为宰辅。

当时，多名大臣与冯士元之间存在利益勾兑，最严重的是副宰相程琳。孔道辅通过深入调查，已经完全掌握真凭实据。但宰相张士逊一向嫌恶道辅，想借机陷害他。一天，仁宗皇帝命道辅送札子到宰相办公室，张士逊避开众人，拉着道辅说了好一会儿悄悄话（按照当时的制度，台谏官递交奏札，还可以进入宰相办公室）。张士逊透露道："据我所知，您很快就会被晋升为宰辅。"

道辅十分高兴。张士逊又说："您能够得到重用，全靠程公在陛下面前极力保举。"

道辅闻言，顿时有些情志迷乱，失了主张，因为对程琳深深感激，而对自己此前执法不阿感到过意不去，十分后悔。

几天后，仁宗召见。朝堂上，道辅的立场来了个一百八十度大转弯，极力为程琳辩护。皇上大怒，既将程琳罢职贬黜，也撤销了道辅御史中丞之职，调任地方州郡。直到此时，道辅才恍然大悟，原来自己被张士逊算计了！他心怀愤懑，在赴任途中暴病而亡。

这件事情是我在元祐三年（1088）五月二日听苏子容说的。

以杀人为乐的石普

真宗朝名将石普喜欢杀人,常以杀人为乐,从来不觉得惭愧和后悔。有一次,喝醉了酒,一言不合,便将一名贴身奴仆五花大绑,命手下的指使官把他丢进汴河。指使官于心不忍,偷偷帮那名奴仆解开绳索,让他隐姓埋名,远走他乡。石普酒醒后,想起这名奴仆,十分懊悔。指使官深知石普性情暴躁,杀人不眨眼,所以不敢把实情告诉他。

过了很长一段时间,石普身染重病,病中总是看见那个奴仆的鬼魂在眼前出没,以为自己被冤魂索命,必死无疑。指使官为了救主人一命,这才赶紧将那名奴仆带来,让石普看到他还好好地活着。从此,石普再也没有见过那个鬼魂,病也慢慢好了。

书画琐记

传神记

画人物肖像若要传神,最难的是眼睛。东晋大画家顾恺之说过:"传形写影,都在阿堵中。"其次是颧骨。我曾在灯下仔细观察自己的脸部侧影,让人就着墙壁上的影子描摹,不画眉毛、眼睛,所有看见这幅画的人都笑了,一眼就知道画的是我。画人像只要眼睛和颧骨像了,其他地方没有不像的。眉毛、鼻子、嘴巴等部位,可以有所增减,只选取相似的部分就可以了。画人物肖像和相面一样,想要画出他真实自然的状态,应该在稠人广众中悄悄观察这个人的言谈举止。如今画者却让人端端正正地坐着,盯着一个方向看。当人不苟言笑、一本正经地坐着时,哪里还能看到他自然真实的状态呢?

每个人的神情特点各不相同,有的在眉眼,有的在口鼻。顾恺之说:"颊上加三毛,觉精采殊胜。"也就是说这个人的神情特点体现在胡须和脸颊之间。春秋时期,楚相孙叔敖去世后,伶人优孟装扮成孙叔敖的样子去见楚庄王,和庄王谈笑终日,几乎令庄王产生孙叔敖死而复生的错觉。难道是样貌举止全都像吗？其实也只是把握住了他的神情特质罢了。如果画者都能领悟这一点，那么人人都可以成为顾恺之、陆探微那样的大师。

我曾见过僧人惟真画曾鲁公。刚开始画得不太像。有一天，惟真去拜见鲁公，回来后高兴地说："我知道该怎么画了！"随后，他在眉毛后面加了三根隐约可见的细纹，画作低头仰视、眉毛上扬、眉头略皱的样子，结果非常神似。

南都画工程怀立，人们都说他善画人物，他为我画像，比较准确地画出了精神气质。怀立虽为画工，但行为举止和读书人没什么差别，用笔洒脱，不拘泥于技法与形似，而能进一步追求神似。因此我把自己了解的绘画观念写下来，希望对他有所助益和启发。

画水记

古往今来，画水多半都是取平远之势，用细小的波纹描绘出平夷旷远的画面，其中比较出色的画家也不过能画出波浪起伏的样子，让人情不自禁想伸手触摸，以为有凹凸起伏的感觉，这便被认为是最高境界了。但就其格调而言，这种画无非也就比木板印制的水纹纸略胜一筹而已。

唐代广明年间，孙位开始在山水画方面创造出新的意境。他画奔腾的急流、巨大的波浪穿过曲折的山石，能根据水石形态的变化给予形象生动的描绘，画出了水的万千形态，被人称为"神逸"。后来蜀地的黄筌、孙知微都掌握了他的笔法。孙知微曾应大慈寺寿宁院的请求，打算在寺庙大堂四壁画湖滩水石图，规划、构思了一年多，始终无法下笔。有一天，他慌慌张张地跑进寺内，急忙索取笔墨，衣袖狂飞，如同风吹，不一会儿就画好了。画面上巨流倾泻、急促跳跃，浩荡汹涌，房屋都好像要被冲垮了。知微死后，这种笔法中断了五十多年，无人知晓。

成都人蒲永升，酷爱喝酒，放浪不羁，性情、灵感与绘画技法融为一体。他领悟了二孙笔法的本质，将水画活了，黄居寀兄弟、李怀衮等画家都赶不上他。达官贵人有时依仗着权势要他作画，蒲永升就嘻嘻哈哈，顾左右而言他，扔下笔扬长而去；碰上他想作画时，不会在乎求画人身份贵贱，顷刻间就画好了。他曾给我临摹寿宁院孙知微的壁画，画了二十四幅，每当夏天把它们挂在洁白的墙壁上，就能感到冷风袭人，使人毛发竖立。永升现在老了，他的画很难得到，而且世上懂得欣赏真正的好画的人很少。

　　如今世人都极为推崇董羽、戚文秀画的水，视为珍宝。但在我看来，不过都是死水，无法和永升笔下的活水相提并论。

戴嵩画牛

戴嵩是唐代著名画家,特别擅长画牛,他的画流传到后世,每一幅都价值连城。

蜀地有位杜处士,是一名书画爱好者,珍藏的书画作品数以百计,其中就有一幅戴嵩的《斗牛图》。他非常珍爱这幅画,用美玉装轴,用织锦做囊,不管到哪儿,都随身携带,一刻也不分离,唯恐丢失。一天,天清气朗,他在门前空地上晾晒珍藏的书画作品,一个牧童路过,看到戴嵩的《斗牛图》,不禁拍手大笑道:"这幅图画的是牛打架。可是,牛打架时,用两只角相顶,尾巴紧缩在两条后腿之间,这幅画中的牛却甩着尾巴打架,根本就不对!"

杜处士笑着连连点头。

可见,哪怕是以画牛著称的大画家,有时也会因生活常识的缺乏而出差错,闹笑话。俗话说:"耕当问奴,织当问婢。"这是千真万确的,什么时候也不会改变。

神奇梦境

梦中作祭春牛文

　　元丰六年（1083）十二月二十七日，天快要亮的时候，我梦到几名小吏拿着一张纸，上面写着：请写《祭春牛文》。

　　春天来了，百草即将萌发，又到了一年一度祭春牛的时候。立春这天，上至朝廷，下至州县，都会在门前立上泥塑的耕牛，百官与民众，或以鞭笞，或以杖击，模仿驱牛耕田的情形。这些土牛，全都被涂上了鲜艳美丽的色彩，热热闹闹的祭春牛仪式结束后，就会被弃之一旁，无人理睬。这些土牛从做成到毁坏，前后也就是一天的光景吧，谁会为这样的变化而生悲喜之情呢？

　　于是，我取来笔墨，奋笔疾书，写道：

　　　　三阳既至，庶草将兴。爰出土牛，以戒农事。
　　　　衣被丹青之好，本出泥涂；成毁须臾之间，谁为喜愠？

其中一名小吏读罢,微笑着对我说:"这两句话写出来,又会得罪人啊。"

旁边的另一个小吏说:"没关系,那些沉醉在富贵与权势迷梦中的人,正需要这样的话语来唤醒。"

梦回故居

元祐八年（1093）八月初一，老妻王闰之病逝，顿觉屋宇空旷，无限寂寥。原本期望再过两年，向朝廷申请退休，我们夫妻便可携手还乡，唉！她却不肯再多等些日子，就这样匆匆地抛下我，独自离去。

八月十一日凌晨，上朝前还有点时间，我坐着打了一个盹儿。恍恍惚惚间，梦见自己回到了眉山纱縠行老宅。门前依旧是大片青葱翠绿的竹林、高大的梨树，还有一汪清澈的水池，池中种着莲藕，碧绿的荷叶间开满了洁白的荷花，清香怡人。我在房前屋后的花园里、菜地里走了一圈。过了一会儿，发现自己正坐在南轩——那是我和父亲、弟弟当年的书房。透过窗户，看到有几名佃农正在运土填埋小池。他们从土中挖出两根萝卜，很高兴地分而食之。这种祥和、安逸的日常氛围，令我感到十分惬意，于是从书桌上拿起笔来，写了一篇文章，其中几句是："坐于南轩，对修竹数百，野鸟数千。"

梦醒之后，心中无比怅然，又细细地将梦境怀想了好几遍。南轩，父亲曾给它取名叫"来风轩"。

梦里杭州

我与杭州有着非常特殊的缘分，先后两次在那里任职，度过了五年的美好时光，结交了很多好朋友，留下了许多难忘的记忆。

第一次到杭州，是熙宁四年（1071）十一月到熙宁七年（1074）九月，担任杭州通判。那时我年纪尚轻，游兴正浓，趁着公务出差与公余之暇，走遍了杭州的山山水水。所到之处，竟颇有似曾相识之感！最神奇的是，有一次去杭州寿星院，刚一进门，便觉得自己曾经来过，能清楚说出寿星院里殿堂楼阁、山石树木所在的位置。不禁怀疑自己前世就是杭州人，因此在诗中写道："前生我已到杭州。"

离开之后，杭州的秀美山水总在不经意间出现在我的梦中，一年会有四五次梦见西湖。元丰四年（1081）谪居黄州时，一天夜里，我又一次梦见在西湖漫游，梦中也知道那是做梦。湖上有三座大殿，东边大殿的牌匾上写着"弥勒下生"四个大字。梦中的我说道："这是我过去写的。"大路上，有很多僧人来来往往，多半都是我认识的，辨才法师、海月禅师都在。他们见到我都非常惊讶。我当时身着便服，拄着竹杖，显得十分散漫。于是赶紧向他们致歉："梦中来游，来不及穿上正式的官服。"梦醒后，种种细节全都忘了。没想到，第二天便收到芝上人的来信，以及杭州的老朋友们寄来的礼物：有轻圆甜美的荔枝干、鲜脆浓郁的红螺酱、清香怡人的西庵茶等。芝上人告诉我：杭州的朋友们都十分想念我，每次谈及，都会面朝黄州所在的方向翘首远眺。大家商定，一起凑钱雇人，每年两次来黄州寄信、寄物、看望我。虽然，元丰二年（1079）"乌台诗案"爆发时，御史台曾经下令在杭州全境搜查，勒令收藏过我的诗作的人坦白交代，并接受讯问。最后查出数百首诗歌，牵连了大批朋友，当时称之为"诗帐"。如今过去不到两年，政治压力依然如故，但这些真诚勇敢的朋友都不害怕，仍然关心着我，令我深深感动。在给芝上人回信时，我想起了前天晚上的梦，详详细细地记录下来，连信一起寄给朋友们。

元祐四年（1089）七月，我以龙图阁学士充浙西路兵马钤辖知杭州军州事，第二次来到杭州。元祐六年（1091）三月离任。此时，我已年过半百，对于仕途也心生倦怠，希望早日退休归隐，一直在思考将来的归隐之地。虽然我十分想念故乡眉山，但离乡几十年，老屋早已颓毁。在杭州前后生活了五年，觉得自己本来就是杭州人，想在西湖周边买田买地，安度余生。可叹计划永远赶不上变化，几年后形势急转直下，我再次遭到贬谪，不得不远走岭南。杭州始终是我心中一个最美的梦。

石泉之梦

我谪居黄州时,老友参寥子不远数千里前来看望,在东坡雪堂一住就是一年。我们曾一起去黄州对岸的武昌西山游玩。那天夜里,梦见参寥子拿着一卷诗给我看,醒来后还记得有首《饮茶》诗,其中两句是:

寒食清明都过了,石泉槐火一时新。

语句十分优美,但不知道是什么意思。在梦中,我曾问参寥子:"寒食节后自然是新火,但泉水又怎么是新的呢?"梦中的参寥子回答道:"民间习俗,每逢清明都会淘井,清除井中的污泥浊水。"

七年后,我担任杭州知州,参寥子正好也在杭州。元祐五年(1090),参寥子在智果精舍建僧舍而居。元祐六年(1091),新居落成,而我任期已满,将在寒食节后离开杭州回京。这次前来,实际上也是向参寥子辞行。

僧舍之下，原本有一缕泉水从石缝中流出，最近又凿石得泉，水质更加清冽。参寥子采撷新茶，用槐木生火，用新凿出的泉水煮茶。此情此景，令我想起九年前梦中的诗句，当时还不知道泉如何新，没想到今天全都应验了！
　　我将这个旧梦讲给大家听，在座各位无不怅然叹息，感慨命数有定，不必苦求。

罗汉入梦

元丰四年（1081）正月二十一日，我前往黄州麻城县岐亭镇，看望好友陈季常。途中在黄冈县的团风镇住了一夜，梦见一位僧人，脸部受伤，鲜血淋漓，像是有什么话想对我说。

第二天到岐亭后，我将梦中情形告知季常，希望他能解释我的梦境。结果和我一样，他也说不出个所以然来。后来，我俩一起去山上游玩，看到山路左边有一座寺庙，里面有一尊阿罗汉塑像，左手擒龙，右手摁虎，仪态古朴，极为壮伟，应该是十八罗汉中的第五尊者。但是，罗汉的面部被人损坏了。我们瞻仰塑像，叹息不已。季常突然想到，说："这不就是你梦到的那个僧人吗？"

于是，我们将这尊罗汉像运回家里，请僧人继莲找工匠来进行修复，又做了一个佛龛，供奉在黄州安国寺。

四月八日，是我母亲的忌日，我在安国寺举行饭僧仪式，为母亲祈福。随后便将这件事情记录下来。

梦里梦外

传说，唐玄宗开元年间，房琯在卢氏任县令，曾与道士邢和璞一起外出游玩，经过夏口村，进入一座废弃的寺庙，坐在古松下休息。邢和璞叫随行仆从挖开一处地面，找到一只陶瓮，瓮里藏着武则天时期宰相娄师德写给永禅师的书信。和璞手拿书信，笑着对房琯说："还记得这个吗？"房琯当下神情恍惚，随即顿悟，自己前身正是隋唐之际的高僧永禅师！这个有趣的故事，迷离惝恍，被画家绘入画中，名《邢房悟前生图》。我已故的友人柳子玉十分珍爱这幅画，据说原本是唐人所画，当代画家宋复古临摹。

元祐六年（1091）三月十九日，我从杭州回京途中，住在吴淞江。那天晚上，我梦见苏州的仲殊长老来访，随身带着一张古琴。他弹琴时，琴声有些异样。我走近一看，发现古琴破损严重，而且居然有十三根弦！上古舜帝定琴为五弦，周文王增一弦，武王又增一弦为七弦，这张琴却有十三弦。我叹息不已。仲殊宽慰道："琴虽然破了，但还可以修好。"我说："可是

有十三根弦啊,该怎么办?"仲殊不答,随口赋诗一首:

  度数形名本偶然,破琴今有十三弦。此生若遇邢和璞,方信秦筝是响泉。

  梦中的我完全明了仲殊的诗意。是啊!一切都不是绝对的,会根据特定情境发生变化。民间俗乐秦筝与上古圣贤创制的古琴,本质上相通;早已超然世外的永禅师,生死轮回中又成为深陷红尘的房琯,直到与道士邢和璞相遇,才顿悟前尘往事。
  梦醒之后,我却将仲殊的诗句忘得一干二净。第二天午睡,又梦见了仲殊,说起昨天梦里的事情,仲殊再次吟诵了那首诗歌。午睡刚醒,船过苏州,仲殊恰巧来访。一时之间,我竟怀疑自己刚才并不是在做梦。连忙将梦里的诗歌写下来问仲殊,他被我弄得一头雾水,完全不知道我在说什么。
  六月,我在京城见到柳子玉的儿子子文,向他求得了那幅《邢房悟前生图》,作诗一首,并将梦境记录下来,一并题写在画上。

王翊救鹿

　　黄州岐亭，有个叫王翊的人，他家境殷实，而且乐善好施。

　　有天夜里，他梦见自己在溪水边，看到有个人被打成重伤，眼看就要死了，号哭着向他求救。王翊马上施以援手，那人终于得救了。第二天，王翊外出散步，无意中走到小溪边，看见一只被猎人捕获的野鹿，身上有多处枪伤。王翊突然醒悟，想起了头天晚上的梦境，立刻花几千钱买下了这只鹿。

　　从此，这只鹿便一直和王翊生活在一起，王翊走到哪儿，它就跟到哪儿，寸步不离。

王平甫梦游灵芝宫

熙宁六年（1073），王平甫任崇文馆校书。一天值夜班，住在馆中，梦见有人邀请他去海上游玩，看到一座极为壮丽的宫殿，无数乐工正在演奏音乐，笙箫鼓吹，悦耳动人。宫殿上题着两个大字——"灵芝"。

有人邀请平甫进宫，他正想随之前往，宫殿旁边有人却隔水高呼，叫人将他拦住，说："还没到时候，让他赶紧回去，将来一定会接他来。"

恍惚间，梦醒了，刚好听到宫中晨钟敲响。回想梦境，平甫自命不凡，于是写了一首诗记录此事：

万顷波涛木叶飞，笙箫宫殿号灵芝。挥毫不似人间世，长乐钟来梦觉时。

四年后，平甫不幸病逝。他的家人哭着说："您曾经梦见身后将前往灵芝宫，是真的吗？请捎个信给我们啊！"

这天夜里举行祭奠仪式时,家人隐隐约约好像听到了一些什么声响。于是赶紧用铜钱占卜:"往灵芝宫,是真的吗?"占卜的结果显示,确实是真的。

我不禁想起唐代诗人白居易的故事。据说,有人去了海上蓬莱仙岛,看到楼台中有一间空房子,是专门留给白居易的。白居易听说后,特意写了一首诗,题目是《客有说》:

近有人从海上回,海山深处见楼台。中有仙龛虚一室,多传此待乐天来。

诗题下方,还加了一条自注:"客即李浙东也,所说不能具录其事。"

这件事情跟平甫的梦境相似。我想,白居易和王平甫,都是天才逸发之人,他们身后精神、灵魂的归处,一定与众不同,这是理所必然,只是世人难以真正了解。

平甫的家人哭着请我将这件事情记录下来,所以我遵从他们的心愿,希望这些文字能抚慰他们的心灵。

民间传说

庸医误人

当年我在故乡的时候，有个邻居受了风寒，咳嗽不止，去看医生，医生认为他中了蛊毒，如果不抓紧治疗，就会被肚子里的蛊虫杀死。于是，医生收了他一百两金子，为他治病，让他喝杀蛊虫的药，同时嘱咐他必须忌口，一切美食都不能吃。这药药性很强，侵蚀他的肾脏和肠胃，烧灼他的身体皮肤。

用药一个月后，数疾并发，既上火，又畏寒，而且仍然咳嗽不止，整个人疲惫困顿，真像是中了蛊毒。不得已，只好又去看医生。这一回，医生认为他内热重，于是又开了清热去火的寒药。谁知道吃了之后，上呕下泻，什么东西也吃不下了。

看到这种情况，医生也害怕了，心想：既然寒药用错了，那赶紧反过来吧！

于是又开了钟乳、乌喙等热性药给他吃。他吃了这些热药后，手指红肿，脚趾化脓，身上长满了奇痒无比的疥疮，眼睛花了，听力也减退了，各种毛病都跑了出来。

三次看医生，三次改变治疗方案，而病情却越来越严重。

邻里间一位经验丰富的老人家得知他的情况后，告诫道："这都是医生用药失误所致！你哪有什么大病？人的生命，以精气为主导，以食物为辅助。现在你却整天药不离口，一方面破坏了味觉，损伤了嗅觉，不能正常饮食，阻隔了外在的食物补给；另一方面，各种药物的毒性在体内相互冲突，又使你内在的精气不断衰惫，所以才会生病。你现在就赶紧回去好好休息，别再看医生也不要再吃药，喜欢什么就吃什么。等到精气充足，吃什么都觉得香了，再找个好医生开药，便可以一剂见效。"

那个人按照老人说的做了，过了一个月，疾病竟然不治而愈。

古代的圣贤治理国家也是这样，不伤根本，不瞎折腾。

笔仙

五代后晋末年,汝州有一个读书人,不知姓甚名谁。他每天晚上都会制作十支笔放在家里。天亮了,就关门外出。他的屋子朝向街面的墙壁,挖了一个小洞,洞口插着一个竹筒,就像引水一样。路过的人,只要在竹筒里放入三十文钱,就会有一支笔从里面跳出来。如果想靠蛮力取笔,是取不出来的。笔卖完之后,他就把钱取出来,带着一个酒壶去买酒,一路上旁若无人地吟咏歌唱。就这样过了三十年,突然不见了,没有人知道他究竟去了哪里。又过了几十年,有人再次见到他,容颜依旧,毫无变化。人们都说他是笔仙。

子姑神的前世

元丰三年（1080）正月初一，我从汴京出发前往黄州，二月初一抵达贬所。

进士潘丙跟我说："好神奇！您刚接到朝廷诏令时，黄州没有一人知道这件事情。邻里间有个姓郭的人家，正月祭神，子姑神真的降临了，她说话又快又清楚，而且还擅长赋诗，她说：'苏公快到了，但我来不及见他。'果然，您到黄州那天，刚好子姑神就离开了。"

第二年正月的一天，潘丙兴冲冲地跑来告诉我："子姑神又降临郭家了！"

我赶紧跟潘丙一道前去观看。只见一个用女子服饰装扮的稻草人，手中拿着一根筷子，两个童子一左一右扶着。那稻草人用筷子在沙盘上写道："我是寿阳人，姓何，名媚，字丽卿，自幼读书识字，长于作文，长大后嫁给伶人为妻。则天皇帝垂拱年间，寿阳刺史害死了我的丈夫，强迫我做了他的侍妾，而他的妻子又极为凶悍善妒，把我活活打死在厕所里。我虽然死了,却不敢申冤。天帝的使者发现了我,为我昭雪了冤情,并让我参与管理人间的事务,成为子姑神中的一员。子姑神很多,我算是其中最出色的一位。您在这里多待一会儿,我为您写诗、跳舞,聊助清欢。"

接着,她很快就写出了几十首诗歌,每首诗都构思精妙,寓意深远,并且语带讥讽戏谑之意。向她询问神仙、鬼怪、佛祖的变化规律,她的回答往往出人意料,在座的人都情不自禁鼓掌叫好。随后,郭家命人演奏《道调梁州》曲,子姑神便随着音乐的节奏翩翩起舞。

一曲终了,子姑神朝我行再拜之礼,恭敬地请求道:"苏先生,您以文章著称于世,何必吝惜几张纸,不让世人知道有我这样的人呢?"

我见何氏生平坎坷,先被酷吏掳掠,后被悍妻杀死,心中的怨恨应该极为深沉,但她始终不说那个刺史的名字,可算是知书达理之人。每个走进这间屋子的人,她都能清楚预知他们的未来,也始终不谈及别人的隐私和吉凶,可算是富有智慧之人。而她又懂得文字之乐,以不能留名于世为耻辱,所有这些都颇为值得称许。因此,我将她的事迹粗略地记录下来,回应她的期待和愿望。

天篆记

江淮地区,民间崇信鬼神。每逢正月,一定会给扫帚、畚箕穿上衣服,装扮成子姑神,有的还能数数写字。黄州郭家的子姑神最特别,我去年曾作《子姑神记》一文记录过这件事。

今年黄州人汪若谷家的子姑神尤其奇特,用筷子做笔,将笔放在嘴里,回答问题快捷而清楚。他在沙盘上写道:"我是天神,姓李,名全,字德通。因为若谷转世为人,特来看望他。"

随后,又写下一串篆书,笔势奇妙,但无法辨识,他说:"这是天书。"

他给我写了三十个字,说是天蓬咒。让他将这段咒语转写成易于辨识的隶书,他没有答应。

看见坐在一旁的黄州进士张炳,他写道:"好久不见,你还好吗?"

张炳问他怎么认识自己,子姑神说:"难道你不记得刘苞了吗?我是刘苞啊。"

于是,追述当年张炳和刘苞一起交往的情形,彼此之间说过的一些话语,叙述得十分详细。张炳大惊失色,对我说:"过去我在京城确实认识一位叫刘苞的朋友,头戴青巾,身穿布袍,身上有文身而且喜欢喝酒,自称是齐州人。多年没有联系,不知现在何方。这难道真的是天神吗?"

有人说:"假如真是天神,怎么愿意附身在扫帚上做子姑神与汪若谷为友?"

对于这一说法,我不以为然。李全到底是鬼怪还是天神,固然无法确定,但是不能因为他附身的物体卑陋,就认为他不是天神。真正的得道者,对皇宫和厕所一视同仁。李全写的字虽然无法辨识,但风格简朴古雅,不是那些孤魂野鬼所能写出来的。

相传汉代长陵一名女子,因难产而死,后来神灵以她之名附身于她的妯娌宛若,十里八村的老百姓都前去祭祀。后来汉武帝也去祭祀,称之为神君,震惊天下。若论其附身之物,则比李全还要卑陋。子姑神虽为厕神,但毕竟是渊源有自的神灵。而长陵女子则不过是普通民女而已。

我们所了解的事情很少,不了解的事情很多,为什么要用区区耳目所能及的知识范围,去度量、揣测耳目所不能及的世外之事呢?姑且将李全所写的字收藏起来,希望有一天能遇到认识这些字的人。

一个薄情寡义的商人

很久以前,有一个梁县人到南方经商,七年后才回家。他在南方生活的时候,吃着杏子、海藻等洁净清新的当地物产,喝着甘甜的泉水,呼吸着山川大野的灵秀之气,整天都被清凉的风环绕。由于水土的关系,梁县人多被大脖子病所苦,这位商人也不例外。但是,他在山清水秀的南方待的时间久了,日复一日,年复一年,风瘤都渐渐消失了,脖子变得洁白丰润,就像《诗经·卫风·硕人》篇里所描写的美女一样"领如蝤蛴"。

当他回到故乡,跟周边那些大脖子的乡邻一对比,越发得意。他步履轻盈地走在家乡的街道上,踌躇满志,顾盼生姿。心想:别说是我的邻居,就是整个县城,大概也没有几个人的样貌比得上我了!

当他回到家里,走进厅堂,步入内室,看到妻子时吓得转身就跑,大呼:"这是什么怪物?"

妻子见丈夫回来了,赶紧上前慰问,商人却说:"你是谁啊？关你什么事？"

妻子赶紧端茶给他，他却气愤地推开不喝。妻子见他不喝茶，又端出餐盘奉上饭食，但他一把把餐盘推开。妻子想跟他聊聊天，他却转身面朝墙壁唏嘘哀叹。妻子见他对自己不理不睬，便去梳洗打扮。可面对梳洗好的妻子，他却嫌弃地朝地上吐了一口唾沫，把头扭向了一边。后来他对妻子说："你怎么配得上我？你赶快走吧！"

妻子听到这话，不禁羞愧地俯下身子，随后仰天长叹道："听说变得富贵的人，不会抛弃糟糠之妻；拥有了娇美姬妾的人，不会抛弃已变得憔悴的妻子。你从南方回来，脖子上的风瘤没了，我却因有风瘤而被赶走。唉，都是风瘤惹的祸，不是我的过错！"

商人最终休弃了妻子。

商人回家三年，乡邻都不齿他的言行，没有人愿意把女儿嫁给他。后来因为当地的水土风气，让他的经脉、皮肤都发生了变化，风瘤又长了出来。于是他又把妻子接回来，相敬如宾，和好如初。

从这件事情可以看出，这个商人实在是太薄情寡义。贫穷的时候总想去投靠更有钱有势的主子，富贵之后便不再跟以前的朋友来往，做人不讲良心，没有坚持，这就是人伦道德的罪人。而像这个梁县商人，因为不曾读书明理，做出违背人伦道德的事，还不知道羞耻。其实，世上的人，一旦涉及利害冲突、是非争辩，便往往失去基本的良知和道德，于是视忠臣为仇敌，贬孝子为强悍不驯的贱人，前后自相矛盾，又何止这个梁县商人是这样呢！

樊山故事

从我所住的黄州临皋亭，横渡长江，往西，停靠在樊山下，那里便是樊溪的入江口，称为樊口。有人将樊山称为"燔山"，据说，每当大旱天气，只要纵火焚山，就能惊起龙王，行云布雨。也有人说，因为樊姓人聚居在那里，所以叫"樊山"。不知道哪种说法是对的。

樊口以北是卢洲。三国时期，吴国新造大船，名为"长安"。新船试水之日，国主孙权与群臣泛舟江上，饮酒庆贺。途中遭遇大风，孙权命掌舵的船工驶向卢洲，下属谷利心知不妥，毅然违抗主公的命令，拔刀指着船工，说："不往樊口者斩！"船工于是转舵，泊入樊口避风。孙权笑问谷利："阿利为何如此怕水？"谷利跪地答道："大王万乘之主，于不测之渊、猛浪之中，轻率冒险，万一大船倾覆，江山社稷该怎么办？因此臣不敢不以死相争。"当时风急浪高，船靠岸之后就撞毁了，孙权一行只得舍舟陆行，从樊口凿山开路，回到武昌。如今，他们翻越的山岭叫"吴王岘"。岭上有洞穴，里面的土是紫色的，可以用来磨镜。沿山路向南,到寒溪寺,再往北就是曲山,山顶有即位坛、九曲亭,都是孙权当时留下的遗迹。孙权曾在樊口打猎,捕得一只豹子,回程路上遇到一位老太太,说:"你为什么不抓着它的尾巴呢?"话音刚落就不见了,如今山上还有一座圣母庙。十五年前,我从眉山回汴京路过此地,曾在圣母庙中看到一块牌匾,上面仿佛有"得一豹"三字,如今已经不见了。

晋朝名将陶侃任广州刺史时,有位渔夫每天晚上都看到海上有神奇的光。陶侃得知后,命人追寻,结果找到一尊金像。从金像上的刻字可知,是阿育王时代铸造的文殊菩萨像。陶侃镇守武昌时,将这尊菩萨像送到武昌寒溪寺供奉。后来,陶侃调任荆州,想带着金像一道前往,但人力无法挪动,用了三十辆牛车,才将金像搬到船上,但随即船就翻了,只好将金像送回寒溪寺。后来,高僧慧远将金像迎往庐山,却轻而易举,没有半点阻力。庐山东林寺专门派两名僧人守护,代代相传。唐武宗会昌年间,下令毁弃天下所有佛寺。两位负责守护的僧人将金像藏在锦绣谷中,那里地势险要,植被繁茂,春天百花灿烂,冬天丹枫绚烂。等到佛教复兴之时,人们去锦绣谷中寻找金像,却始终没有找到,但山谷中至今仍有神异的光影,不时闪现,就像峨眉山、五台山的佛光一样。这些故事见于慧远法师文集附录的处士张文逸的文章,庐山父老也多有传说。

寒溪寺往西数百步,是西山寺。山洞中有泉水流出,泉水呈白色,味道甘甜,当地人称菩萨泉,但不知道泉的来历。我的好友李常说:"莫非是当年供奉文殊菩萨金像的地方?"

山下还有一座陶母庙。陶母是陶侃之母,以善于教子而名垂青史。陶侃率军四十一年,建立赫赫功业,晚年位极人臣而能持盈保泰，多次想告老还乡，但被僚属们苦苦挽留。直到七十六岁，才拖着老病之躯离开武昌，登舟之际，回头对属下说："老夫如今蹒跚难行，都是因为你们阻拦。"第二天，陶侃于樊口去世。我在这些地方追寻陶公当年遗迹，怀思往事，不禁凄然。

僧道传奇

奇人率子廉

　　率子廉，原本是衡山的一名农夫，他资质愚笨而又傲慢无礼，大家都叫他率牛。后来投入南岳观做了道士。南岳观西南七里，有一座紫虚阁，是供奉女神魏夫人的祭坛。因为荒寂无人，没有道士愿意去那里住，率子廉倒很喜欢，他独自住在那里，每天静默打坐而已。他很爱喝酒，常常醉卧山林间，连狂风暴雨突然而至都不知道，虎、狼等猛兽走过他身边，竟然也不会伤害他。

　　已故的礼部侍郎王祜，是我的好友王巩的曾祖父。王公当年出守长沙，奉诏去南岳祭祀，顺便访问魏夫人坛。子廉正酩酊大醉，爬都爬不起来，瞪着一双醉眼对王公说："乡野道士爱酒，平时不常得，只要有酒便会喝醉，请官人宽恕。"

　　王公觉察到他与众不同，便将他带回官府。住了一个多月，子廉态度淡淡的，也没说什么很特别的东西，于是又把他送回山中。临别时，王公说："师父深藏不露，您的境界非老夫所能测，我会写一首诗送给您。"后来却忘了。一天午睡，梦见子廉前来讨诗。梦醒后，便写了两首绝句，书在牌板上，叫人置于魏夫人坛阁上。南岳观的道士发现王公题诗，都大吃一惊，纷纷议论："率牛怎么有本事弄到知府大人的题诗？"

太平兴国五年（980）六月十七日，子廉忽然派人到南岳观报信，说："我将要外出，魏夫人阁不能没人祭守，赶快派人过来。"

道士们自从看到王公题诗后，对子廉稍微有些另眼相看，得到子廉的报信，都很意外，说："天这么热，率牛要去哪里呢？"

急忙派人去看，发现子廉已经死了。大家更加惊异："率牛居然还能预知自己的死期？"于是，将他安葬在南岳山下。

没过多久，南台寺僧人守澄在京城南薰门外，碰见子廉，神气清逸。守澄问他何故出山，子廉笑着说："闲游罢了。"并托守澄带信给山中故人。

守澄回到南岳，这才知道子廉已经死了。查看带回的子廉书信，发现正好是死的那天写的。大家赶紧把他的坟墓挖开，发现里面只有一根竹杖、一双鞋子而已。

三生石上旧精魂

洛阳惠林寺是已故光禄卿李憕的故居。安禄山攻陷洛阳时，身为东都留守的李憕兵败被俘，不屈而死。李憕的儿子李源年少时奢侈放纵，混迹于乐工歌女之中，以擅长歌唱而闻名一时。自从父亲死后，李源悲愤不能自已，发誓终生不做官、不娶妻、不吃肉，在惠林寺中一住就是五十多年。

惠林寺有位叫圆泽的僧人，很富有而且精通音律，李源和他相交甚密，促膝长谈常常一整日，没人知道他们聊些什么。一天，他俩相约去蜀地的青城山和峨眉山游玩。李源主张取道荆州，逆长江上行，经三峡入蜀；圆泽则想取道长安，经褒斜谷入川。李源不同意，他说："我已弃绝红尘俗世，怎能再走京城的路呢？"

圆泽沉默良久，感叹道："人生旅途果然是由不得自己呀。"

于是，他们取道荆州，乘船旅行。一天，泊船南浦，看见一个身穿锦绣坎肩的妇人，背着水罐去河边取水。圆泽两眼含泪，对李源说："我不愿经由此地，就是因为她。"

李源十分惊讶，急忙追问缘由。圆泽说："这位妇人姓王，我应该投胎做她的儿子。她怀孕已经三年，但我一直不来，她便一直不能生产。今天既已相见，无法再逃避了。请你用符咒帮我快速投生。孩子出生第三天，照习俗将会举行浴儿会，希望你能去看我，到时我会以微笑作为相识的信号。再过十三年，中秋月夜时，杭州天竺寺外，我会来和你见面。"

李源后悔不已，只得强忍悲痛帮圆泽沐浴、更衣、施咒。傍晚时分，圆泽去世了，王姓妇人顺利产下一个男婴。第三天，李源前往王家参加浴儿会，新生的婴儿看见李源果真笑了。李源便将事情原原本本地告诉了王家，于是，王家出钱将圆泽和尚葬在山下。

李源无心继续旅行，返回洛阳惠林寺，才知道圆泽临行前早已给弟子们留下了遗嘱。

过了十三年，李源从洛阳前往杭州天竺寺，奔赴当年的约定。中秋之夜，他刚走到天竺寺外，便远远看到，银色的月光下，葛洪川畔，一个牧童正扣着牛角歌唱："三生石上旧精魂，赏月吟风不要论。惭愧情人远相访，此身虽异性长存。"

李源激动万分，大声喊道："泽公别来无恙？"

牧童回答道："李公真是诚信之士，但你俗缘未了，千万不要靠近我。希望你精进努力，勤修苦练，不堕恶道，我们就一定会再次相见。"

接着，牧童又唱道："身前身后事茫茫，欲话因缘恐断肠。吴越山川寻已遍，却回烟棹上瞿塘。"

然后就骑着牛离开了，不知去了哪里。

又过了两年，宰相李德裕上奏朝廷，说李源是忠臣之子，十分孝顺，于是皇帝封他为谏议大夫，但李源早已看破世事，不肯赴任。最终在惠林寺中去世，享年八十岁。

这个故事是我从唐人袁郊的传奇小说集《甘泽谣》中看到的，因为讲的是天竺寺的故事，所以就想写下来送给天竺寺的僧人。原文烦琐冗杂，删去了不少篇幅。

道士徐问真

道士徐问真，自称是潍州人。特别爱喝酒，性格狂放肆意，能吃生葱、活鱼。他用手指当针，用泥土做药，妙手回春，药到病除。

熙宁年间，我的老师欧阳文忠公任青州知州，问真曾前往相从，在青州住了很长时间才离开。后来，听说欧阳公退归颍州，问真又前往颍州。欧阳公以宾客之礼相待，并嘱咐儿子们关照问真。欧阳公患有腿脚痛的毛病，病症少见，看了很多医生，都说不清楚病因，也不知道怎么治疗。问真便教欧阳公汲引之术——这是一种道家养生功法，能调动气血，从脚到头，循环贯通。欧阳公练了一段时间后，腿脚的毛病很快就好了。

一天，问真突然辞行，欧阳公再三挽留，但问真坚持要走，喃喃地说："我有罪！我不该和公卿显贵交往！一分钟也不敢再停留了！"

欧阳公十分诧异，但也不便强留，只得派人送他离开。果然，送行的人发现，有个头戴铁冠、身长八尺左右的大汉站在路边等候。

　　问真出城后，雇了一个乡下孩子帮他背药箱。走了几里路，这个孩子便不愿再走了。于是，问真从发髻中取出一个枣子大的小瓢，在手中翻来覆去倒腾了几次，变出满满两杯酒，与孩子饯别。那孩子说，这是他从未喝过的好酒。从那之后，就再也没有了问真的消息，不知他是死是活。而当年问真雇用的乡下孩子，后来竟然发疯了，也没有人知道他的下落。

　　熙宁四年（1071），我被任命为杭州通判，上任途中，与弟弟子由专程前往颍州，看望欧阳公，欧阳公详细地给我讲述了问真的故事。之后，我被贬谪黄州，黄冈县令周孝孙突然得了脚肿病。我便将问真传授的汲引术口诀教给他。孝孙仅仅练了七天，脚肿病就完全好了。

　　元祐六年（1091）十一月二日夜间，我和欧阳公的两个儿子叔弼、季默闲谈，说起这些往事，当中还有一些太过神奇的情节，不能全部写出来。但徐问真的确是一个神奇的人物。

道士打铁

从前,有个道士在茅山开坛讲经,听众多达数百人。讲到一半,突然闯进来一个又高又壮、皮肤黝黑、长相丑陋的大汉,大声骂道:"臭道士,这么热的天气,你干吗聚集众人,兴妖作怪?"

道士站起身来,拱手致歉:"在山中居住,需养育的弟子众多,钱资匮乏,不得不为之。"

大汉怒气稍减,说道:"要钱不难,何至于做这样的事情呢?"

于是,那大汉搬来一堆锅、灶、棒槌、铁臼之类的东西,总共有一百多斤,加入一点点药剂便开始锻造,结果都变成了银子,全都留给了道士,自己转身就走了。

过了好些年,道士再次遇见了那个大汉,跟一个老道同行。那老道须发洁白如雪,骑着一头白色的驴子。大汉腰上别着一根驴鞭,紧跟在驴子后面。茅山道士远远望见,便向他磕头,想要跟他们一起走。大汉指了指老道士,又使劲摇了摇手,看上去十分惊恐畏惧。他们行步如飞,不一会儿,就消失得无影无踪。

动物趣事

狡猾的老鼠

一天夜里，我正在静坐，忽然听到老鼠咬东西的声音。我拍了拍床沿，那声音立即停止。可是没过一会儿，又嘟嘟聱聱地响起来。于是，我叫书童点起蜡烛，仔细观察，发现声音是从一个空袋子里传出来的。我说："看来有只老鼠被关在袋子里出不来。"

书童打开袋子，里面悄无声息，好像什么东西也没有。于是将蜡烛凑近了看，袋子里面竟然是一只死老鼠！书童大吃一惊，说："它刚才还在咬东西啊，怎么突然死了呢？莫非那声音是它的鬼魂发出来的？"

说着，便将死老鼠倒在地上。谁知老鼠刚一落地，眨眼工夫就逃得无影无踪了！再敏捷的人都来不及反应。

我不禁感叹道："太神奇了！这真是一只狡猾的老鼠啊！它不小心被关在袋子里，袋子太结实，咬不破，于是故意假装在咬，发出声音，引人注意。当袋子打开的一瞬间，明明活着，却故意装死，骗人放松警惕，得以成功逃走。我听说世间一切生命，人最有智慧，是天地间的王者，可以驾驭万物，无论是凶猛的蛟龙，还是充满灵性的龟和麟，都无法从人的手中逃脱。可是今天我却被一只老鼠利用了！古语说：'静如处子，动如脱兔。'静坐中的我，却不能迅速反应过来，中了老鼠的诡计，实在称不上聪明智慧啊！"

我一边想着这件事，一边坐着打了个盹儿。恍恍惚惚中，好像有人跟我说："你只不过是博闻多识，却并没有真正见道。不能做到物我合一，而始终处于心物对立的状态，所以一点老鼠的咬啮之声，便能干扰你的身心宁静。'一个勇敢的人，可以像蔺相如一样，以价值连城的和氏璧与暴君对峙，却可能因瓦锅突然破裂而失声惊呼；一个勇敢的人，可以与猛虎搏击，却可能在突然面对野蜂、毒虫时惨然失色。原因就在于心物对立。'这番话不是你说的吗？难道忘了？"

我不禁笑了，在笑声中从这梦里惊醒。于是叫书童铺纸执笔，把这件事情记录了下来。

可爱的乌觜狗

没错,我也养过宠物!

它的名字叫乌觜,喜欢"汪汪汪汪"地叫个不停。它出生在儋州,后来又跟着我去了廉州,算是一只走南闯北、见过世面的狗狗。

乌觜高大凶猛,但对主人十分顺服。《尔雅·释畜》有云:"狗四尺为獒。"我的乌觜是海獒,说不定与威名赫赫的藏獒还有点亲戚关系呢。

乌觜不挑食,吃些粗茶淡饭、残羹剩菜,就能长得膘肥体壮,却从不担心被宰割烹煮。它很清楚,我是那么喜欢它,怎么会忍心吃它的肉呢?

乌觜聪明而勇敢,面对前来造访的客人,它热情温驯,像个殷勤的门童;一旦可能有危险出现,它立即露出凶悍威猛的一面,变身守家护院的勇士。

元符三年(1100)五月,我接到朝廷赦令,从儋州量移至廉州。虽然仍是罪官身份,但能够活着离开谪居三年的海岛,北归大陆，仍是一件值得万分庆幸的大喜事。宣读赦令之后，乌觜好像听懂了似的，欢喜得又蹦又跳，吐着舌头，摇着尾巴，一个劲地跟家里的仆佣撒欢儿、闹腾，弄得汗如雨下。

六月，乌觜跟随我开始它狗生中难得的长途旅行。经过海岛西北面的澄迈县时，面对一片水域，乌觜突发奇想，不肯跟我们从桥上走，直接跳到水中，像鹅鸭一样，轻轻松松地游到了对岸，引得桥上路人纷纷围观、惊叹。登岸之后，它抖落满身的水花，欢叫着朝我跑来，就像一只咆哮的小老虎。

但是，可爱的乌觜有时也免不了干坏事。比如，趁人不注意，跑到厨房里偷几块肉吃。被抓了现行之后，照理应该挨一顿鞭打。不过，我觉得这不过是顽皮的毛孩子犯下的小过失，呵斥几句算了，鞭打就免了吧！

乖巧机灵的小家伙一听，立即伏地再拜，感谢主人不打之恩，那双狗眼睛仿佛会说话似的，让人又怜又爱。

晋代文学家陆机世居江南，后来到洛阳为官。他有一只十分聪明的狗，名叫黄耳。陆机独自滞留京城期间，想念家人，却久无音信。一天，他对黄耳说："我家音信全无，你能替我送一封家书回去吗？"黄耳使劲摇着尾巴，"汪汪汪"地叫了几声。于是，陆机将家书放在竹筒里，系在黄耳的脖子上。黄耳带着家书，一路向南，终于回到故乡，见到陆机的家人。取了回信之后，又一路北上，重回洛阳。从此，南来北往，传递家书，便成为黄耳的日常工作。

我觉得，乌觜跟黄耳一样聪明，说不定它就是黄耳的后裔呢！

聪明的乌鸦

乌鸦是一种非常聪明的鸟,它会观察人的声音和表情,一有危险,便立即飞走,就连神射手也别想射中它。

福建一带的人非常熟悉乌鸦的习性,认为没有什么东西不能根据它们的习性捕获。他们带着饭菜、纸钱之类的东西来到野外,假装祭祀,在坟墓旁哭泣。哭过之后,烧掉纸钱,把饭菜摆在坟前,然后离开。这时,成群的乌鸦争相飞下来啄食。等乌鸦吃完了,这些人又跑到其他坟墓前哭泣,像之前一样,烧掉纸钱,留下饭菜,然后走开。乌鸦不疑有诈,依然大声叫着争抢食物。如此反复再三,乌鸦都毫不犹豫地跟着飞过来,越来越不怕人,并且越来越靠近人们提前张好的网罗,最后便被一网打尽。

当今世上,那些自认为智慧足以保全自己,却不知道福兮祸所伏的人,有几个不被假哭者欺骗呢?而那些愚蠢的人,冒冒失失丢了性命,却连乌鸦也不如啊!

战国著名思想家韩非子,曾著《说难》,专门论述游说进言的困难和应对的策略。但他自己却被秦王嬴政关进监狱，最后被李斯毒杀。天下人都哀叹他是因为智慧而丢掉性命。项羽根本不懂什么《说难》，攻占咸阳后，身边的谋士认为，关中地势险要，而且物产丰饶，可以据以称霸。他却说："富贵不归故乡，如衣绣夜行，谁知之者？"有人讥笑他沐猴而冠，他不知反省，反而将讥笑自己的人杀了，一意孤行引兵东归，结果大败于垓下，死于乌江边。天下人都哀叹他是因为愚蠢而丢了性命。这两个人，虽然一个聪明一个愚蠢，但不得善终的结局却是一样的。春秋时期卫国大夫宁武子，政治清明时，他就展现自己的聪明才智；政治黑暗时，他就韬光养晦，表现出很愚笨的样子。连孔子都感叹："其智可及，其愚不可及。"像这样善于审时度势的人，灾祸怎么可能降临到他的头上呢？

河豚之死

有一只叫河豚的鱼，在桥下游来游去，不小心碰到了桥墩，不知道赶紧绕开到宽阔的水面去遨游，居然对着桥墩大发雷霆。它猛地一下翻过身来，挺着肚子仰面朝天，鱼鳃猛张，鱼鳍倒竖，气鼓鼓地漂在水面上，很久很久都不肯动弹一下。一只老鹰飞过，一把抓起它，撕开肚子吃掉了。

河豚喜欢游来游去，不知休止。自己撞上了桥墩，却不知反省，反而胡乱发脾气，最后落得个剖腹而死的下场。实在是可悲至极啊！

弄巧成拙

　　大海里有一种鱼，名叫乌贼，能够喷吐墨汁，使海水变黑。一天，乌贼在水中悠闲地吐水泡，忽然发现有只乌鸦在水边嬉戏。它很担心被乌鸦发现，赶紧吐了一口墨汁，把自己隐藏起来。岸边的乌鸦忽然发现蔚蓝的海水一瞬间变黑了，十分奇怪，仔细一看，原来下面藏着一只乌贼，立刻飞过去，一把抓走。

　　唉！乌贼虽然知道自我隐藏保全性命，却不知道应该不露痕迹，以免引起怀疑，最终适得其反，暴露了自己。实在是可怜啊！

老虎与婴儿

弟弟子由将他写的《孟德传》寄给我,读完后我觉得非常神奇。虎敬畏不惧怕自己的人,这话确实有道理。可是,世上没有人看到老虎不害怕,所以这句话到底是不是真的,始终无法证实。

不过,以前我听说忠州、万州、云安这些地方有很多老虎。一天,有个妇人把两个幼儿放在沙滩上玩,自己到河边洗衣服。忽然,一只老虎从山上下来,妇人吓得赶紧躲进水底,而两个懵懂无知的幼儿看见老虎,就像看见自家的小狗一样,一点也没觉得有什么异样,照常玩得很开心。老虎盯着孩子看了好一会儿,甚至走过去,用头碰触他们,希望其中一个会害怕。可是两个孩子以为这只"大狗"在逗自己玩,反而笑得更开心。过了一会儿,老虎竟然自己走了。孩子毫发无伤。

所以我猜想,老虎吃人,往往先以威力慑服。而那些不害怕老虎的人,老虎的威慑就没有用武之地了。

世间流传,老虎不吃喝醉的人,一定会坐在旁边等喝醉的人醒来。其实，也许老虎并不是等人醒酒，而是等人酒醒之后感觉害怕。

据说有个人晚上从外面回来，看见有个东西蹲在他家门前，以为是猪、狗之类的家畜，就拿起棍子把它给打跑了。当那东西跑到山脚下月光明亮的地方时，那人才看出来，竟然是只老虎！这并非人的力量大过老虎，而是人的气势盖过了老虎。如果都像婴儿、醉鬼和没认出老虎的人那样不害怕老虎的话，老虎就会敬服。这并不是什么奇谈怪论。

于是，我将这些话写在《孟德传》的后面，阐述并发挥子由的观点。

奇谈怪论

睡乡记

睡乡的疆域，大概和齐州交界，但齐州人都不知道这个地方。睡乡政风淳朴，民俗均平，没有等级差别，土地平坦广阔，没有东西南北之分。生活在睡乡的人，全都安然舒适，没有疾病痛苦，迷迷瞪瞪不生七情六欲，懵懵懂懂不受万事烦扰，自由自在不知天地日月的变化。不必耕田织布，安逸自在地躺着便能自给自足；不需乘船乘车，随心所欲地想一想便能肆意远游。冬天可以穿凉爽的单衣，夏天可以穿温暖的棉袄，没有寒暑的区别；有所得时会感到悲伤，有所失时会感到欣喜，但完全不了解其中有利害的区别。因为他们认为，凡是耳闻目睹的事物都是虚妄不实的。

远古的圣君黄帝，听说睡乡的美好景象，十分向往。于是，他退而闲居，清除心中杂念，降服形体欲望，希望找到治国的良方。苦苦探索了三个月，却一无所获。最后，他累得倒头就睡，倏忽之间便到了睡乡，在那里度过了一段十分快乐的时光。亲身体验过睡乡的生活之后，他深深感受到自己治理下的国家，事务过于纷繁冗杂，于是召集身边最得力的两位大臣，共商大计，从此一切政务都仿照睡乡。这样过了二十八年，天下大治，政风民俗，有如睡乡一般恬静安适。

到了尧帝和舜帝时，实行无为之治，人们都认为这就是睡乡的风俗。

而大禹的时代，水灾肆虐，为了救治天灾，大禹长年累月奔波道途，三过家门而不入，腿上的汗毛都掉光了；商汤的时代，大旱七年不解，巫史告知，必须以人为供品祭祀上天。商汤不忍屠杀无辜，于是剪下自己的头发和指甲，将自己作为献祭的供品，在桑林的祭坛上虔诚祈祷，终于感动了上苍。因此，大禹和商汤都没有时间与睡乡往来。

周武王讨伐残暴的商纣王，建立周朝之后，日夜操劳，不得安眠，他说："天下大治的伟大功业尚未成就。"最后积劳成疾，一病不起。临终前，因担心继位的成王年纪幼小，无法妥善地处理政务，遗命弟弟周公旦辅佐成王。为了王朝的长治久安，周公夜以继日地工作，通宵不睡，精心制定了一套可以传之千古的礼乐文化制度。钟鼓齐鸣，加上负责报时警夜的官吏在旁边不时地呼告，周公虽一次次在睡乡边境徘徊，终究还是与之擦肩而过。多年后，武王的玄孙穆王即位，他羡慕黄帝之事，恰在这时，遥远的西方来了一位有道术的人，穆王借助这位西方术士的帮助，腾云驾雾，神游太空，但终究没能找到睡乡。

春秋时，孔子有个学生名叫宰予，为了寻找睡乡，甚至放弃了学业，他大白天懒洋洋地躺着，鼾声四起，昏沉迷误，怎么也找不到通往睡乡的正确道路，最终只能无功而返。所以孔子训斥他说:"朽木不可雕也,粪土之墙不可圬也!"

战国、秦汉时期的君主,一方面奢侈放纵,通宵宴饮;另一方面攻城略地,争权夺利,他们的身心都被患得患失的悲愁损伤。前往睡乡的人越来越少,睡乡几乎变成了废墟。只有一个叫庄周的人,是宋国蒙地的漆园吏,他知道前往睡乡的路,常常化为蝴蝶,在那里翩翩起舞,而蒙地竟没有人察觉。在他之后,也有一些爱慕自然之道,渴望超尘远俗的山人、处士前往睡乡。他们在那里感到悠闲自在,乐而忘归,便都跟随在庄周身边,成为他的门人、信徒。

唉!我自幼勤奋努力,长大后也一直与时间赛跑,可最终也不能抵达睡乡,实在是太笨了呀!想要跟随这些到过睡乡的人,探寻前往睡乡的正确路径,所以记下他们的这些故事。

盲人识日

很久以前，有个人一生下来就是盲人，从来没见过太阳，想知道太阳究竟是什么样的，就去向那些明眼人打听。有人告诉他："太阳啊，就像铜盘一样。"

盲人敲了敲铜盘，铜盘发出当当的声响。后来，他听到钟声就以为是太阳出来了。有人告诉他说："错啦，这不是太阳，这是钟。"

那么太阳是什么样的呢？这个人告诉他："太阳的光芒像蜡烛一样。"

盲人摸了摸蜡烛，心想：哦，太阳原来是这样的。

有一天，他偶然摸到了一种形似蜡烛的乐器"籥"，高兴地叫道："我摸到太阳了吗？"

实际上，太阳和钟、籥相差甚远，可这个盲人完全不知道它们之间的区别，因为他不能亲眼看见，只能向别人寻求答案。

见"道"比盲人见日更难。没有见"道"的人面对"道"，跟盲人没什么两样。

跟盲人解释"太阳是什么样的",铜盘、蜡烛之类的比喻已经很形象了,可是盲人却由铜盘之喻,而误认钟为太阳,又由蜡烛之喻,而误认籥为太阳,即使打再多比方,他还是不会明白。

世上谈"道"的人,大都跟盲人识日差不多。或者是片面理解,或者是妄加揣测,都难免误入歧途。既然如此,那么"道"是否不可求?我认为:道可以"致",不可以求。什么叫"致"?著名军事家孙武说:"善战者致人,不致于人。"孔子的得意门生子夏说:"百工居肆以成其事,君子学以致其道。"反复琢磨他们的话语,可以体会,"致"就是自然而然地到来。

南方多水乡,江、河、湖、海、溪、涧,大大小小的水域纵横交错。南方人从小生长在水边,许多人七岁就敢在浅水边玩耍打闹,十岁就能在深水中浮游,十五岁就能潜水。难道他们是随随便便就获得了这项技能吗?当然不是,因为他们从小玩水,天长日久便悟到了水之"道"。从没见过水的人,即使身强力壮,就连坐船都战战兢兢,更别说潜水了。所以,不习水性的北方勇士,如果向南方人请教怎么潜水,按照听来的方法去尝试,没有不溺水的。

就像潜水的技能必须在日复一日与水相亲的过程中获得,士人对"道"的领悟也必须在日复一日涵泳于知识学问的过程中获得。不认真踏实地学习、思考,一心只想求"道",无异于没见过水的北方人想一蹴而就地掌握潜水的本领。

到处被鳖相公使坏

谪居儋州时,一天,我醉卧床上,忽见一个鱼头鬼身的家伙从海中漂来,对我说:"广利王有请端明殿大学士。"

我身着粗布短袄、脚穿草鞋、头戴黄冠随之而去。并不知已经走到水中,只听见呼呼的风声与滚滚的雷声。过了一会儿,才突然明白,这就是所谓的水晶宫殿啊!宫殿中处处是璀璨的宝珠,刻着精美图案的犀角、美玉,以及各种贵重的金属、琉璃饰品,光芒夺目,让人无法直视。珊瑚、琥珀更是不计其数。

广利王腰佩宝剑、身着华服冠冕步入殿中,身后跟着两名美丽的宫女。我说:"海上逐客苏轼,感谢大王盛情邀请。"

又过了一会儿,东华真人、南溟夫人造访,拿出丈余长的绢帛,命我作诗。我提笔写道:

天地虽虚廓,惟海为最大。
圣王皆祀事,位尊河伯拜。
祝融为异号,恍惚聚百怪。

二气变流光，万里风云快。
灵旗摇虹蠹，赤虬喷滂湃。
家近玉皇楼，彤光照世界。
若得明月珠，可偿逐客债。

作诗完毕，即上呈给广利王。殿中仙人一一传阅，纷纷称赞我写得绝妙。唯有旁边一个头戴官帽的人连连摇头，身旁有人悄悄告知，此人乃鳖相公。只见他上前一步，指着"祝融为异号"一句，愤怒地说道："苏轼作诗不避忌讳，竟敢直呼大王的名讳！"

广利王顿时大怒，将我赶出官殿。我一边走，一边感叹道："唉！真是走到哪里都被鳖相公使坏！"

穷秀才谈志向

两个穷秀才一起聊志向。

其中一个说:"我平生最缺的就是吃饭和睡觉。有朝一日得志之后,一定要大吃特吃,吃饱后就睡觉,睡够了再接着吃饭。"

另一个说:"我和你可不一样,我要吃了又吃,哪里还有空睡觉呢?"

这次我来庐山游玩,听说马道士最爱睡觉,在睡梦中参悟了精妙之法。可见马道士不是真的爱睡觉,终究不如那个穷秀才,"吃了又吃,没空睡觉",这才是对吃饭诀要的透彻掌握。

三个老人吹牛

从前,有三个白发苍苍的老人偶然聚到了一起,有人礼貌性地问他们多大年纪了。

其中一个颤颤巍巍地说:"要说我的年纪吧,我可不记得喽!只记得年少时,和开天辟地的盘古有过交情。"

另一个老人不以为然地捋了捋雪白的胡须,神气地说:"每一次大海变桑田的时候,我就放一根小竹签在我的案头,迄今为止,我攒下的小竹签已经装满了十间房子。"

第三个老人早已急不可耐,面红耳赤地说:"我吃过的蟠桃核都丢在昆仑山下,如今蟠桃核堆得和昆仑山一样高了!"

其实,在永恒的宇宙中,任何生命的存在都只是天地之一瞬。这三个老人虽已步入暮年,却仍不能领悟到这一点,即使寿数再高,与朝生暮死的蜉蝣、朝菌又有什么区别呢?

桃符与艾草人吵架

正月初一,家家户户都取下大门两边的旧桃符,换上新的桃符,迎新纳福,驱鬼避邪。等到五月端午,又在门楣上挂一个艾蒿扎的草人,以备一年的艾灸之用,禳疾祛疫。

这时候,桃符便有点受不了了,它抬头怒骂艾草人:"你这低贱的草芥算什么东西?竟然居于我的上面!"

艾草人俯下身来,得意地对桃符说:"想想看吧,再过半年多,你就该被丢进垃圾堆了,半截身子入土的老东西,还敢和我一较高下?"

门神站在旁边笑呵呵地劝解道:"你们俩呀,无非是半斤对八两,都是傍人门户而已,何必为这些无关紧要的事情吵闹不休?"

海螺与蚌蛤的对话

在一片水域中的小岛间,海螺和蚌蛤相遇了。蚌蛤无比羡慕地对海螺说:"你的外形真美呀!像鸾凤般秀丽,像云朵般孤傲,即使你的品性无足称道,仍然会吸引到许多爱慕的眼光。"

海螺说:"是啊,可是为什么珍珠那样的宝物,上天不赐予我,反而给了你呢?"

蚌蛤说:"上天眷顾的是内在的美好与纯净,而不是外在的动人与夺目。我张开嘴,内心一目了然,不遮不掩。你虽然外表美丽,但内里究竟如何?从头到脚,全是弯弯绕绕。"

听了这话,海螺感到非常惭愧,掩面沉入水中。

眼睛和嘴巴的争论

　　最近，我的眼睛又红又痛，患了赤目症，懂医的朋友告知要忌口，不能吃鱼、肉这些荤腥之物。我决定遵从。但嘴巴不答应，它气鼓鼓地说："我是您的嘴巴，它是您的眼睛。您怎么可以厚此薄彼？因为它患病却不让我吃东西，太不公平了，我不干！"

　　我觉得它说得有理，心中犯难，不知该怎么抉择。嘴巴很是得意，乘胜追击，对眼睛说："哪天我生病了，你想看什么就看什么，我绝对没有意见！"

说谎好累

穷人家没有被子,就连草席也是窄窄小小的。小儿子不懂事,别人问他:"你每天晚上盖的是什么?"小儿子脱口答道:"草席。"穷人觉得很没面子,回家把儿子暴揍一顿,再三嘱咐说:"以后有人再问,你就说盖的是被子。"一天,家里来了客人,穷人忙跳下床,从里屋出来相见,没留神胡子上还沾着一根草。小儿子在身后大声叫道:"爸爸,把脸上的被子拿掉!"

早知如此,睡觉时与其露脚,宁可露头,以免不懂事的小破孩在别人面前说漏嘴。

我们这些读书人,没有一刻能离开笔砚。其实,睡觉也跟用笔差不多,装阔摆谱,难免顾此失彼,破绽百出。

原文

家族往事

高祖父拒学法术

[故事原文]

苏廷评行状(节选)

皇祖生于唐末,而卒于周显德①。是时王氏、孟氏②相继王蜀,皇祖终不肯仕。尝以事游成都,有道士见之,屏语曰:"少年有纯德,非我莫知子。我能以药变化百物,世方乱,可以此自全。"因以面为蜡。皇祖笑曰:"吾不愿学也。"道士曰:"吾行天下,未尝以此语人,自以为至矣,子又能,不学,其过我远甚。"遂去,不复见。

[解题]

本篇是苏轼为祖父苏序所作行状。廷评:官名简称,即大理寺评事,从八品下。古代实行推恩制度,儿子做官后,朝廷也会给他的父母授予相应的官位或封号。苏序终生未仕,因其子苏涣进用于朝廷,而得推恩封赠。行状:文体名,记述死者世系、籍贯、生卒年月和生平概略的文章。

[注释]

①皇祖：高祖以上的祖先。这里指苏序的祖父、苏轼的高祖父苏祐。苏祐生于唐哀帝天祐二年（905），卒于周世宗显德五年（958）。

②王氏，指五代前蜀王朝王建、王衍父子。孟氏，指五代后蜀王朝孟知祥、孟昶父子。

祖父豁达不羁

[故事原文]

苏廷评行状（节选）

公讳①序，字仲先，眉州眉山人，其先盖赵郡栾城人也。曾祖讳钊，祖讳祐，父讳杲，三世不仕，皆有隐德。自皇考②行义好施，始有闻于乡里，至公而益著，然皆自以为不及其父祖矣。（略）③

公幼疏达不羁，读书，略知其大义，即弃去。谦而好施，急人患难，甚于为己，衣食稍有余，辄费用，或以予人，立尽。以此穷困厄于饥寒者数矣，然终不悔。旋复有余，则曰："吾固知此不能果困人也。"益不复爱惜。凶年鬻其田以济饥者，既丰，人将偿之。公曰："吾固自有以鬻之，非尔故也。"人不问知与不知，径与欢笑造极，输发府藏。小人或侮欺之，公卒不惩，人亦莫能测也。

李顺④反,攻围眉州。公年二十有二,日操兵乘城。会皇考病没,而贼围愈急,居人相视涕泣,无复生意。而公独治丧执礼,尽哀如平日。太夫人忧甚,公强施施⑤解之曰:"朝廷终不弃,蜀贼行破矣。"

庆历中,始有诏州郡立学,士骦⑥言,朝廷且以此取人,争愿效职学中。公笑曰:"此好事,卿相以为美观耳。"戒子孙,无与人争入学。郡吏素暴苛,缘是大扰,公作诗并讥之。以子涣登朝,授大理评事。

庆历七年五月十一日终于家,享年七十有五。以八年二月某日葬于眉山县修文乡安道里先茔之侧。累赠职方员外郎⑦。娶史氏夫人,先公十五年而卒,追封蓬莱县太君。生三子。长曰澹,不仕,亦先公卒。次曰涣,以进士得官,所至有美称,及去,人常思之,或以比汉循吏,终于都官郎中利州路提点刑狱⑧。季则轼之先人讳洵,终于霸州文安县主簿⑨。涣尝为阆州,公往视其规画措置良善,为留数日。见其父老贤士大夫,阆人亦喜之。晚好为诗,能自道,敏捷立成,不求甚工。有所欲言,一发于诗,比没,得数千首。女二人。长适杜垂裕,幼适石扬言。孙七人:位、伋、不欺、不疑、不危、轼、辙。

闻之,自五代崩乱,蜀之学者衰少,又皆怀慕亲戚乡党,不肯出仕。公始命其子涣就学,所以劝导成就者,无所不至。及涣以进士得官西归,父老纵观以为荣,教其子孙者皆法苏氏。自是眉之学者,日益至千余人。然轼之先人少时独不学,已壮,犹不知书。公未尝问。或以为言,公不答,久之,曰:"吾儿当忧其不学耶?"既而,果自愤发力学,卒显于世。

· 162 ·

公之精识远量,施于家、闻于乡间者如此。使少获从事于世者,其功名岂少哉!不幸汩没,老死无闻于时。然古之贤人君子,亦有无功名而传者,特以世有知之者耳。公之无传,非独其僻远自放终身,亦其子孙不以告人之过也。故条录其始终行事大略,以告当世之君子。谨状。

[注释]

①讳:对于已经去世的人,不直接称呼名字,以示尊敬。

②皇考:对亡祖的尊称。这里指苏序的父亲苏杲。

③省略部分即有关高祖苏祐的故事,见前文。

④李顺:宋青城(今四川都江堰)人,出身茶贩,王小波的妻弟。宋太宗淳化四年(993),王小波聚众起义,以均贫富为号召。王小波战死后,李顺被推为首领。第二年攻克成都,建立政权,号大蜀。不久被宋军击败。

⑤施施:原意是慢慢行走的样子,这里用来描写说话的语气很和缓。

⑥骥(huān):通"欢"。

⑦职方员外郎:官名,从六品上。

⑧都官郎中:官名,从五品上。利州路提点刑狱:差遣(职务)名,负责利州路刑狱公事,考察疑难不决案件,复审下辖各州案件,并兼劝课农桑、监察官吏等。

⑨苏洵晚年得朝廷任用编修礼书,霸州文安县主簿不是具体职务,只代表官阶。宋前期,县主簿品级有差,依次分从八品上、正九品上、正九品下、从九品上、从九品下五个等级。

外曾祖父的神异故事

[故事原文]

外曾祖程公逸事

公讳仁霸,眉山人。以仁厚信于乡里。蜀平,中朝士大夫惮远宦,官阙,选土人有行义者摄①。公摄录参军②。眉山尉有得盗芦菔根者,实窃③,而所持刃误中主人。尉幸赏,以劫闻。狱掾受赇④,掠成之。太守将虑囚⑤,囚坐庑下泣涕,衣尽湿。公适过之,知其冤,咋⑥谓盗曰:"汝冤,盍自言,吾为汝直之。"盗果称冤,移狱⑦。公既直其事,而尉、掾争不已,复移狱,竟杀盗。公坐逸囚罢归。不及月,尉、掾皆暴卒。后三十余年,公昼日见盗拜庭下,曰:"尉、掾未伏,待公而决。前此地府欲召公暂对,我扣头争之,曰:'不可以我故惊公。'是以至今。公寿尽今日,我为公荷担而往。暂对,即生人天⑧,子孙寿禄,朱紫⑨满门矣。"公具以语家人,沐浴衣冠就寝而卒。轼幼时闻此语。已而外祖父寿九十。舅氏始贵显,寿八十五。曾孙皆仕有声,同时为监司⑩者三人。玄孙宦学益盛。而尉、掾之子孙微矣。或谓盗德公之深,不忍烦公,暂对可也,而狱久不决,岂主者亦因以苦尉、掾也欤?绍圣二年⑪三月九日,轼在惠州,读陶潜所作外祖《孟嘉传》,云:"凯风寒泉之思⑫,实钟厥心。"意凄然悲之。乃记公之逸事以遗程氏,庶几渊明之心也。是岁九月二十七日,惠州星华馆思无邪斋书。

[注释]

①摄：代理。

②参军：州府属官。

③眉山尉：眉山县尉。县尉是县令的副手，负责治安方面的事务。盗：暴力抢劫。芦菔（fú）：萝卜。窃：暗中偷取。

④狱掾（yuàn）：管理监狱的小吏。受赇（qiú）：受贿。

⑤虑囚：审查、记录囚犯的罪状。

⑥咋（zé）：大声呼叫，喊叫。

⑦移狱：提交审理。

⑧人天：佛教用语，指六道轮回中的人道和天道。

⑨朱紫：古代高级官员着红色、紫色服饰，这里代指高级官员。

⑩监司：路监司。宋代路一级地方机构安抚司、转运司、提刑司、提举常平司等的总名。这些机构的长官，也称监司，属于中高级以上官员。

⑪绍圣二年：1095年，苏轼六十岁。

⑫《诗经·邶风·凯风》："爰有寒泉，在浚之下。有子七人，母氏劳苦。"后世遂以"寒泉"为子女孝敬母亲的典故。这里所谓"寒泉之思"当泛指对已故长辈的追思。

外祖父的奇遇

[故事原文]

十八大阿罗汉颂(节选)

轼外祖父程公,少时游京师,还,遇蜀乱①,绝粮不能归,困卧旅舍。有僧十六人往见之,曰:"我,公之邑人也。"各以钱二百贷之,公以是得归。竟不知僧所在。公曰:"此阿罗汉也。"岁设大供②四。公年九十,凡设二百余供。

[解题]

元符二年(1099),苏轼谪居海南,得到一幅前蜀画家张玄所作的十八大阿罗汉像,为此作了十八篇颂。此后又将这幅画作为生日礼物送给弟弟苏辙、弟媳史氏。阿罗汉:梵语音译,意思是得道者、圣者,是小乘佛教修证的最高果位,又称"罗汉"。颂:一种文体。

[注释]

①蜀乱:指宋太宗淳化四年(993)至淳化五年(994)的王小波、李顺起义。

②大供:以供品供养佛陀。

父亲最珍爱的藏品

[故事原文]

四菩萨阁记

始吾先君于物无所好，燕居如斋①，言笑有时。顾尝嗜画，弟子门人无以悦之，则争致其所嗜，庶几一解其颜。故虽为布衣，而致画与公卿等。

长安有故藏经龛②，唐明皇帝所建，其门四达，八板皆吴道子③画，阳为菩萨，阴为天王，凡十有六躯。广明之乱④，为贼所焚。有僧忘其名，于兵火中拔其四板以逃，既重不可负，又迫于贼，恐不能皆全，遂窍其两板以受荷，西奔于岐⑤，而寄死于乌牙⑥之僧舍，板留于是百八十年矣。客有以钱十万得之以示轼者，轼归其直，而取之以献诸先君。先君之所嗜，百有余品，一旦以是四板为甲。

治平四年，先君没于京师。轼自汴入淮，溯于江，载是四板以归。既免丧，所尝与往来浮屠人⑦惟简，诵其师之言，教轼为先君舍施必所甚爱与所不忍舍者。轼用其说，思先君之所甚爱轼之所不忍舍者，莫若是板，故遂以与之。且告之曰："此明皇帝之所不能守，而焚于贼者也，而况于余乎！余视天下之蓄此者多矣，有能及三世者乎？其始求之若不及，既得，惟恐失之，而其子孙不以易衣食者，鲜矣。余惟自度不能长守此也，是以与子。子将何以守之？"简曰："吾以身守之。吾眼可霍⑧，吾足可斫⑨，吾画不可夺。若是，足以守之欤？"轼曰："未也。足以终子之世而已。"简曰："吾又盟于佛，而以鬼守之。凡取是者与凡以是予人者，其罪如律⑩。若是，足以守之欤？"轼曰："未也。世有无佛而蔑鬼者。""然则何以守之？"曰："轼之以是予子者，凡以为先君舍也。天下岂有无父之人欤，其谁忍取之。若其闻是而不悛⑪，不惟一观而已，将必取之然后为快，则其人之贤愚，与广明之焚此者一也。全其子孙难矣，而况能久有此乎！且夫不可取者存乎子，取不取者存乎人。子勉之矣，为子之不可取者而已，又何知焉。"

既以予简，简以钱百万度⑫为大阁以藏之，且画先君像其上。轼助钱二十之一，期⑬以明年冬阁成。熙宁元年⑭十月二十六日记。

[注释]

①燕居如斋：闲居时如斋戒一样严肃恭谨。

②龛（kān）：供奉佛像、经书等的石室或小阁。

③吴道子：唐代著名画家。

④广明之乱：唐僖宗广明元年（880）十一月，黄巢攻陷洛阳，十二月攻陷长安，天下大乱。

⑤岐：唐代岐州，即宋代的凤翔府，今陕西凤翔。

⑥乌牙：地名，属凤翔府。

⑦浮屠人：僧人。

⑧霍：同"瞳"，使人失明。

⑨斫：斩。

⑩如律：按戒律惩处。

⑪悛（quān）：悔改。

⑫度：考虑。

⑬期：约定。

⑭熙宁元年：1068年，苏轼三十三岁。

鸟鹊巢居的苏家庭院

[故事原文]

异鹊并叙

熙宁①中，柯侯仲常，通守漳州②，以救饥得民。有二鹊，栖其厅事③，讫侯之去，鹊亦送之，漳人异焉。为赋此诗。

昔我先君子④，仁孝行于家。家有五亩园，幺凤⑤集桐花。是时乌与鹊，巢鷇可俯拏⑥。忆我与诸儿，饲食观群呀。里人惊瑞异⑦，野老笑而嗟⑧。云此方乳哺，甚畏鸢与蛇。手足之所及，二物不敢加。主人若可信，众鸟不我遐⑨。故知中孚⑩化，可及鱼与豭。柯侯古循吏，悃愊⑪真无华。临漳所全活，数等江干沙。仁心格⑫异族，两鹊栖其衙。但恨不能言，相对空楂楂。善恶以类应，古语良非夸。君看彼酷吏，所至号鬼车⑬。

[解题]

作于元祐四年（1089），苏轼五十四岁。

[注释]

①熙宁：宋神宗的年号，1068—1077年。

②侯：古代对士大夫的尊称。通守漳州：担任漳州通判。通判：州府副长官。

③厅事：官署视事问案的厅堂。

④先君子：指苏轼的父母。

⑤幺凤：一种小鸟，有着五彩斑斓的羽毛，总是在桐花开的时候出现，又称桐花凤。

⑥鷇（kòu）：初生的小鸟。挐（ná）：拿。

⑦瑞异：象征吉祥的奇异事物。

⑧野老：乡野老人。这句是说乡野老人不认同瑞异之说。

⑨"云此"以下六句，是乡野老人根据自己的生活经验，对苏家庭院百鸟云集的解释。老人说：鸟雀在孵化幼息的时候，最害怕老鹰和蛇等天敌。在人类居住的庭院，蛇和老鹰都不敢出现。如果庭院主人爱护鸟雀，鸟雀就不会远离我们。

⑩中孚（fú）：卦名，《易经》六十四卦之一。因其卦象泽上有风，意思是风行泽上，无所不周，故用以指恩泽普施。

⑪悃愊（kǔnbì）：至诚。

⑫格：感通。

⑬鬼车：鬼车鸟，古代传说中的一种怪鸟。

记先夫人不残鸟雀

少时所居书堂前，有竹柏杂花丛生满庭，众鸟巢其上。武阳君恶杀生①，儿童婢仆，皆不得捕取鸟雀。数年间，皆巢于低枝,其鷇可俯而窥。又有桐花凤,四五日翔集其间。此鸟羽毛至为珍异难见,而能驯扰②,殊不畏人。闾里间见之,以为异事。此无他,不忮③之诚信于异类也。有野老言,鸟雀巢去人太远,则其子有蛇鼠狐狸鸱④鸢之忧,人既不杀,则自近人者,欲免此患也。由是观之,异时鸟鹊巢不敢近人者,以人为甚于蛇鼠之类也,苛政猛于虎⑤,信哉!

[解题]

先夫人,指苏轼的母亲程氏。先,尊称死去的人。

[注释]

①武阳君:苏轼母亲程氏的封号。恶杀生:厌恶杀害生命。

②驯扰:驯服。

③忮(zhì):伤害。

④鸱(chī):猫头鹰一类的猛禽。

⑤这一句出自《礼记》:"孔子过泰山侧,有妇人哭于墓者而哀。夫子式而听之,使子路问之曰:'子之哭也,壹似重有忧者。'而曰:'然。昔者吾舅死于虎,吾夫又死焉,今吾子又死焉。'夫子曰:'何为不去也?'曰:'无苛政。'夫子曰:'小子识之,苛政猛于虎也!'"

结发妻子王弗

[故事原文]

亡妻王氏墓志铭(节选)

治平二年①五月丁亥,赵郡②苏轼之妻王氏,卒于京师。六月甲午,殡③于京城之西。其明年六月壬午,葬于眉之东北彭山县安镇乡可龙里先君先夫人墓之西北八步。轼铭其墓曰:

君讳弗,眉之青神人,乡贡进士方之女。生十有六年,而归④于轼。有子迈。君之未嫁,事父母,既嫁,事吾先君、先夫人,皆以谨肃闻。其始,未尝自言其知书也。见轼读书,则终日不去,亦不知其能通也。其后轼有所忘,君辄能记之。问其他书,则皆略知之。由是始知其敏而静也。从轼官于凤翔,轼有所为于外,君未尝不问知其详。曰:"子去亲远,不可以不慎。"日以先君之所以戒轼者相语也。轼与客言于外,君立屏间听之,退必反覆⑤其言曰:"某人也,言辄持两端⑥,惟子意之所向,子何用与是人言。"有来求与轼亲厚甚者,君曰:"恐不能久。其与人锐⑦,其去人必速。"已而⑧果然。将死之岁,其言多可听,类有识者⑨。其死也,盖年二十有七而已。始死,先君命轼曰:"妇从汝于艰难,不可忘也。他日汝必葬诸其姑⑩之侧。"未期年而先君没⑪,轼谨以遗令葬之。铭曰:

君得从先夫人于九原⑫,余不能。呜呼哀哉。余永无所依怙。君虽没,其有与为妇何伤乎⑬。呜呼哀哉。

[注释]

①治平二年：1065年。

②赵郡：苏轼为其祖父苏序所作行状中记载"其先盖赵郡栾城人也"。

③殡：停放灵柩。

④归：古代称女子出嫁。

⑤反覆：再三考虑，再三研究。

⑥持两端：态度含糊，游移于两者之间。

⑦与人锐：和人结交快。

⑧已而：后来。

⑨有识者：有识之士，具有才能和远见的人。

⑩姑：婆婆。这里指苏轼的母亲。

⑪治平二年五月王弗去世，治平三年四月苏洵去世。期年：一年。

⑫九原：墓地。

⑬其有与为妇何伤乎：劝慰之词。意思是你仍是苏家的媳妇，并且可以陪伴在母亲的身边，不必悲伤。

记先夫人不发宿藏

先夫人僦居①于眉之纱縠行。一日，二婢子熨帛，足陷于地。视之，深数尺，有一瓮，覆以乌木板。先夫人命以土塞之，瓮有物，如人咳声，凡一年而已。人以为有宿藏物，欲出也。夫人之侄之问闻之，欲发焉。会吾迁居，之问遂僦此宅，掘丈余，不见瓮所在。其后吾官于岐下②，所居古柳下，雪③，方尺不积雪，晴，地坟起④数寸。吾疑是古人藏丹药处，欲发之。亡妻崇德君⑤曰:"使吾先姑在,必不发也。"吾愧而止。

[解题]

发宿(sù)藏:打开从前的人埋藏的东西。

[注释]

①僦(jiù)居:租屋居住。

②岐下:今陕西凤翔。

③雪:下雪。

④坟起:凸起,高起。

⑤崇德君:指王弗。王弗去世后,苏轼每当官职升迁,得到封赠的机会,都会为亡妻请封。因此,王弗身后被朝廷先后授予魏城君、崇德君和通义郡君的封号。

亲历故事

我的人生偶像

[故事原文]

范文正公文集叙(节选)

庆历三年①,轼始总角②入乡校,士有自京师来者,以鲁人石守道所作《庆历圣德诗》③示乡先生。轼从旁窃观,则能诵习其词,问先生以所颂十一人者何人也?先生曰:"童子何用知之?"轼曰:"此天人也耶,则不敢知;若亦人耳,何为其不可!"先生奇轼言,尽以告之,且曰:"韩、范、富、欧阳④,此四人者,人杰也。"时虽未尽了⑤,则已私识之矣。

[解题]

范文正公,即范仲淹,去世后被授予"文正"的谥号。叙:序。苏轼因祖父名"序",为避讳,将"序"写作"叙"。

[注释]

①庆历三年:1043年,苏轼八岁。
②总角:古代未成年的人把头发扎成髻,借指幼年。

③石介,字守道,北宋著名思想家、教育家,兖州(今山东济宁)人。《宋史·石介传》记载:庆历三年仁宗有意革新朝政,任用章得象、晏殊、贾昌朝、杜衍、范仲淹、富弼、韩琦为宰执大臣,欧阳修、余靖、王素、蔡襄为谏官,"介喜曰:'此盛事也,歌颂吾职,其可已乎!'作《庆历圣德诗》。"(石介《徂徕集》中的原题为《庆历圣德颂》。)

④韩、范、富、欧阳:韩琦、范仲淹、富弼、欧阳修,皆为北宋名臣,"庆历新政"核心成员。

⑤了:理解。

夜雨对床之约

[故事原文]

初秋寄子由

百川日夜逝,物我相随去。惟有宿昔心,依然守故处。忆在怀远驿,闭门秋暑中。藜羹①对书史,挥汗与子同。西风忽凄厉,落叶穿户牖。子起寻夹衣,感叹执我手。朱颜不可恃,此语君莫疑。别离恐不免,功名定难期。当时已凄断,况此两衰老②。失途既难追,学道恨不早。买田秋已议,筑室春当成。雪堂风雨夜,已作对床声。

[解题]

诗歌作于元丰六年(1083),当时苏轼谪居黄州(今湖北黄冈),苏辙在筠州(今江西高安)。

[注释]

①藜羹:藜藿之羹,藜和藿都是野菜,比喻粗劣的饭菜。

②写作这首诗时,苏轼四十八岁,苏辙四十五岁,在古人的意识中,已经步入老年。

书出局诗

"急景归来早,浓阴晚不开。倾杯不能饮,待得卯君来。"今日局①中早出,阴晦欲雪,而子由在户部晚出,作此数句。忽记十年前在彭城时,王定国来相过②,留十余日,还南都③。时子由为宋幕④,定国临去,求家书,仆⑤醉不能作,独书一绝与之。云:"王郎西去路漫漫,野店无人霜月寒。泪湿粉笺书不得,凭君送与卯君看。"卯君,子由小名也。今日情味虽差胜⑥彭城,然不若同归林下,夜雨对床,乃为乐耳。元祐三年十月二十三日。

[解题]

如文末所题,这篇文章写于元祐三年(1088),当时苏轼、苏辙兄弟同在汴京任职,是他们入仕以来难得的共处时光。

[注释]

①局:官署。

②王定国:名巩,苏轼兄弟的朋友。相过:来访。

③南都:应天府,又名宋州,今河南商丘。

④幕:幕府,古代地方长官的官署。当时苏辙任应天府签书判官。

⑤仆:谦辞,古代男性的自称。

⑥差胜:略胜。差:稍微。

感旧诗并叙

嘉祐中,予与子由同举制策①,寓居怀远驿,时年二十六,而子由二十三耳。一日,秋风起,雨作,中夜翛然②,始有感慨离合之意。自尔宦游四方,不相见者,十尝七八。每夏秋之交,风雨作,木落草衰,辄凄然有此感,盖三十年矣。元丰中,谪居黄冈,而子由亦贬筠州,尝作诗以纪其事。元祐六年,予自杭州召还,寓居子由东府③,数月复出领汝阴④,时予年五十六矣。乃作诗,留别子由而去。

床头枕驰道⑤,双阙⑥夜未央。车毂⑦鸣枕中,客梦安得长。新秋入梧叶,风雨惊洞房⑧。独行惭月影,怅焉感初凉。筮仕⑨记怀远,谪居念黄冈。一往三十年,此怀未始忘。扣门呼阿同⑩,安寝已太康。青山映华发,归计三月粮。我欲自汝阴,径上潼江章⑪。想见冰盘中,石蜜与柿霜⑫。怜子遇明主,忧患已再尝⑬。报国何时毕,我心久已降。

[解题]

这首诗作于元祐六年(1091)初秋,当时苏轼即将离京前往颍州任职。

[**注释**]

①制策：制科。由皇帝特别下诏并亲自主持，为选拔非常人才而特设的一种考试。考试多就政治、经济问题发问，应试者回答，称为对策。制，皇帝的命令。嘉祐六年（1061）苏轼兄弟参加的制科考试是"贤良方正能直言极谏科"。

②翛（xiāo）然：清凉，凉爽。

③东府：宰相官邸。宋神宗曾建东、西二府各四幢，命宰相、副宰相居东府，枢密使、副枢密使居西府。元祐六年（1091），苏辙任尚书右丞（副宰相），故居于东府。

④汝阴：颍州，今安徽阜阳。

⑤驰道：车水马龙的大道。

⑥双阙：借指京城。

⑦车毂（gǔ）：车轮。

⑧洞房：内室，卧房。

⑨筮（shì）仕：古人将出去做官时必先占卜问吉凶，所以称刚做官为"筮仕"。

⑩苏轼自注："子由一字同叔。"

⑪"我欲"两句的意思是，打算到颍州后就向朝廷上疏，请求回乡。潼江是蜀地的一条河流，这里借以代指蜀地。章：奏章。

⑫苏轼自注："予欲请东川而归，二物皆东川所出。"

⑬"怜子"两句是说，苏辙得太皇太后高氏赏识，出任尚书右丞，但朝廷党争激烈，屡受攻讦，忧患重重。

附录：苏辙《逍遥堂会宿二首并引》

辙幼从子瞻读书，未尝一日相舍。既壮，将游宦四方，读韦苏州诗，至"那知风雨夜，复此对床眠"①，恻然感之。乃相约早退，为闲居之乐。故子瞻始为凤翔幕府②，留诗为别，曰"夜雨何时听萧瑟"。其后子瞻通守余杭③，复移守胶西④，而辙滞留于淮阳、济南⑤不见者七年。熙宁十年二月，始复会于澶、濮⑥之间，相从来徐，留百余日，时宿于逍遥堂。追感前约，为二小诗记之。子由《逍遥堂会宿》诗云：逍遥堂后千寻木，长送中宵风雨声。误喜对床寻旧约，不知漂泊在彭城。第二首云：秋来东阁冷如水，客去山公醉似泥⑦。困卧北窗呼不醒，风吹松竹雨凄凄。

[解题]

诗歌作于熙宁十年（1077）。逍遥堂在徐州州府。会宿：同寝一室。

[注释]

①韦苏州：唐代诗人韦应物，曾任苏州刺史，故称。韦应物原诗为："宁知风雪夜，复此对床眠。"（出自《韦苏州集》卷三《示全真元常》。）

②凤翔幕府：苏轼嘉祐六年（1061）至治平元年（1064）任凤翔府（治所在今陕西凤翔）签判，此为州府属官。

③通守余杭：苏轼熙宁四年（1071）至熙宁七年（1074）任杭州通判。

④移守胶西：苏轼熙宁七年（1074）至熙宁九年（1076）任密

州（治所在今山东诸城）知州。

⑤苏辙熙宁三年（1070）至熙宁五年（1072）任陈州学官，陈州又称淮阳郡，治所在今河南淮阳。熙宁六年（1073）至熙宁八年（1075），苏辙任齐州掌书记，济南古称齐州，治所在今山东济南。

⑥澶：澶州，治所在今河南省濮阳县。濮：濮州，治所在今山东鄄城。澶、濮之间，即两州交界地带。

⑦山公：晋代名士山简，好饮酒，饮则大醉。这里苏辙借喻其兄苏轼，想象自己离去后，苏轼借酒浇愁。

钱塘六井

[故事原文]

钱塘六井记

潮水避钱塘而东击西陵，所从来远矣①。沮洳斥卤②，化为桑麻之区，而久乃为城邑聚落，凡今州之平陆，皆江之故地。其水苦恶，惟负山凿井，乃得甘泉，而所及不广。唐宰相李公长源③始作六井，引西湖水以足民用。其后刺史白公乐天④治湖浚井，刻石湖上，至于今赖之。始长源六井，其最大者，在清湖中，为相国井，其西为西井，少西而北为金牛池，又北而西附城为方井，为白龟池，又北而东至钱塘县治之南为小方井。而金牛之废久矣。

嘉祐中，太守沈公文通⑤又于六井之南，绝河而东至美俗坊为南井。出涌金门，并湖而北，有水闸三，注以石沟贯城而东者，南井、相国、方井之所从出也。若西井，则相国之派别者也。而白龟池、小方井，皆为匿沟湖底，无所用闸。此六井之大略也。

熙宁五年秋，太守陈公述古⑥始至，问民之所病。皆曰："六井不治，民不给于水。南井沟庳⑦而井高，水行地中，率常不应。"公曰："嘻，甚矣，吾在此，可使民求水而不得乎！"乃命僧仲文、子珪办其事。仲文、子珪又引其徒如正、思坦以自助，凡出力以佐官者二十余人。于是发沟易甃⑧，完绪罅漏，而相国之水大至，坎⑨满溢流，南注于河，千艘更载，瞬息百斛。以方井为近于浊恶而迁之少西，不能五步，而得其故基。父老惊曰："此古方井也。民李甲迁之于此，六十年矣。"疏涌金池为上中下，使浣衣浴马不及于上池。而列二闸于门外，其一赴三池而决之河，其一纳之石槛，比竹为五管以出之，并河而东，绝三桥以入于石沟，注于南井。水之所从来高，则南井常厌⑩水矣。凡为水闸四，皆垣墙扃鐍⑪以护之。

明年春，六井毕修，而岁适大旱，自江淮至浙右井皆竭，民至以罂缶⑫贮水相饷如酒醴。而钱塘之民肩足所任，舟楫所及，南出龙山，北至长河盐官海上，皆以饮牛马，给沐浴。方是时，汲者皆诵佛以祝公。余以为水者，人之所甚急，而旱至于井竭，非岁之所常有也。以其不常有，而忽其所甚急，此天下之通患也，岂独水哉？故详其语以告后之人，使虽至于久远废坏而犹有考也。

[解题]

钱塘为杭州古称。本文作于熙宁六年（1073），苏轼三十八

· 183 ·

岁，时任杭州通判。

[注释]

①"潮水"两句叙述了杭州地理环境的形成。杭州本为钱塘江潮水冲击而成的一块陆地，江水挟海潮倒灌，是当地最大的自然灾害。据《吴越备史》记载，后梁开平四年（910），吴越国武肃王钱镠修筑捍海塘，将潮水引向西陵，于是才有了杭州城的"重濠累堑，通衢广陌"。西陵：今浙江萧山西兴镇。

②沮洳（jùrù）斥卤：低洼潮湿的盐碱地。

③李公长源：李泌，字长源，唐代名臣，官至宰相，曾任杭州刺史。

④白公乐天：白居易，字乐天，唐代著名诗人，曾任杭州刺史。

⑤沈公文通：沈遘，字文通，嘉祐七年（1062）任杭州知州。

⑥陈公述古：陈襄，字述古，熙宁五年（1072）任杭州知州。

⑦庳（bì）：低洼。

⑧甃（zhòu）：砖，以砖瓦砌的井壁。

⑨坎：坑，这里指井。

⑩厌：满。

⑪扃镭（jiōngjué）：门闩、锁钥之类。

⑫罂缶（yīngfǒu）：陶罐。

乞子珪师号状

元祐五年①十二月日，龙图阁学士左朝奉郎知杭州②苏轼状奏。勘会③杭州平陆，本江海故地，惟附山乃有甘泉，其余井皆咸苦。唐刺史李泌，始引西湖水作六井。其后白居易，亦治湖浚井，以足民用。嘉祐中，知州沈遘增置一大井，在美俗坊，今谓之沈公井，最得要地。四远取汲，而创始灭裂，水常不应。至熙宁中，六井与沈公井，例皆废坏。知州陈襄选差僧仲文、子珪、如正、思坦四人，董治其事。修完既毕，岁适大旱，民足于水，为利甚博。臣为通判，亲见其事。经今十八年，沈公井复坏，终岁枯涸，居民去水远者，率④以七八钱买水一斛，而军营尤以为苦。臣寻访求，熙宁中修井四僧，而三人已亡，独子珪在，年已七十，精力不衰。问沈公井复坏之由，子珪云：熙宁中虽已修完，然不免以竹为管，易致废坏。遂擘画用瓦筒盛以石槽，底盖坚厚，锢捍周密，水既足用，永无坏理。又于六井中控引余波，至仁和门外，及咸果、雄节等指挥⑤五营之间，创为二井，皆自来去井最远难得水处。西湖甘水，殆遍一城，军民相庆，若非子珪心力才干，无缘成就。缘子珪先已蒙恩赐紫⑥，欲乞特赐一师号，以旌其能者。

右⑦臣体问得灵石多福院僧子珪，委⑧有戒行，自熙宁中及今，两次选差修井，营干劳苦，不避风雨，显有成效。如蒙圣恩赐一师号，即乞以惠迁为号，取《易》所谓"井居其所而迁"之义。谨录奏闻，伏候敕旨。

[注释]

①元祐五年：1090年。

②宋代官制分为"官"、"职"（殿阁职称）、"差遣"，龙图阁学士是职名，属正三名，朝奉郎是官名，杭州知州是差遣。

③勘会：审核议定。

④率：皆，都。

⑤指挥：禁军编制单位，通常五百人为一指挥。

⑥赐紫：唐宋时三品以上官职公服为紫色。官位不及而有大功，特加赐紫，以示尊宠。

⑦右：以上。古代竖排书写，故称上文为右。

⑧委：确实。

徐州抗洪救灾

[故事原文]

奖谕敕记（节选）

熙宁十年七月十七日，河决澶州曹村埽①。八月二十一日，水及徐州②城下。至九月二十一日，凡二丈八尺九寸，东西北触山而止，皆清水无复浊流。水高于城中平地有至一丈九寸者，而外小城东南隅不沉者三版③。父老云："天禧④中，尝筑二堤。一自小市门⑤外，绝壕而南，少西以属于戏马台之麓⑥；一自新墙门外，绝壕而西，折以属于城下南京门之北。"遂起急夫五千人，与武卫奉化牢城之士⑦，昼夜杂作堤。堤成之明日，水自东南隅入，遇堤而止。水窗⑧六，先水未至，以薪刍土囊自城外塞之。水至而后，自城中塞者皆不足恃。城中有故取土大坑十五，皆与外水相应，并有溢者。三方皆积水，无所取土，取于州之南亚父冢⑨之东。自城中附城为长堤，壮其址，长九百八十四丈，高一丈，阔倍之。公私船数百，以风浪不敢行，分缆城下，以杀河之怒。至十月五日，水渐退，城遂以全。

明年二月，有旨赐钱二千四百一十万，起夫四千二十三人，又以发常平钱⑩六百三十四万，米一千八百余斛⑪，募夫三千二十人，改筑外小城。创木岸⑫四，一在天王堂之西，一在彭城楼之下，一在上洪门之西北，一在大城之东南隅。大坑十五皆塞之。已而澶州灵平埽⑬成，水不复至。臣轼以谓黄河率常五六十年一决，而徐州最处汴泗下流，上下二百余里皆阻山，水尤深悍难落，不与他郡等，恐久远仓卒吏民不复究知，故因上之所赐诏书而记其大略，并刻诸石。若其详，则藏于有司，谓之《熙宁防河录》云。

[解题]

熙宁十年（1077），苏轼任徐州知州时遭遇特大洪水，率领全城军民，防洪救灾，功勋卓著，得到神宗皇帝的嘉奖，本文即为此而作。嘉奖令全文："敕苏轼。省京东东路安抚使司转运司奏，昨黄河水至徐州城下，汝亲率官吏，驱督兵夫，救护城壁，一城生齿并仓库庐舍，得免漂没之害，遂得完固事。河之为中国患久矣，乃者堤溃东注，衍及徐方，而民人保居，城郭增固，徒得汝以安也。使者屡以言，朕甚嘉之。"

[注释]

①河：黄河。澶州：又名澶渊。治所在今河南省濮阳县。埽

(sào)：用秫秸等修成的防水建筑物，泛指堤坝。

②徐州：今江苏省徐州市。

③版：度量单位。高二尺为一版，三版六尺。

④天禧：宋真宗年号，1017—1021年。

⑤"小市门"及下文中的"新墙门""南京门"均为徐州城门。

⑥属（zhǔ）：连缀，连续。戏马台：在徐州城南，台高十仞，广袤百步，项羽所筑。

⑦武卫、奉化、牢城：军队名，其中武卫是禁军，奉化、牢城是厢军。

⑧水窗：堤坝的出水孔。

⑨亚父冢：范增墓。范增，字亚父，楚汉之际项羽的谋士。

⑩常平钱：官府储备用以借贷给民众的银钱。

⑪斛（hú）：容量单位，十斗为一斛。

⑫木岸：编排木桩，填以土石的堤防。

⑬灵平埽：曹村埽，元丰元年（1078）四月改名。

河复并叙

熙宁十年秋，河决澶渊。注巨野，入淮泗，自澶魏以北，皆绝流而济①。楚②大被其害，彭门③城下水二丈八尺，七十余日不退。吏民疲于守御。十月十三日，澶州大风终日。既止，而河流一枝，已复故道，闻之喜甚，庶几可塞乎。乃作《河复》诗，歌之道路，以致民愿而迎神休④，盖守土者之志也。

君不见西汉元光、元封⑤间，河决瓠子⑥二十年。巨野东倾淮泗满，楚人恣食黄河鳣⑦。万里沙回封禅罢，初遣越巫沉白马。河公未许人力穷，薪刍万计随流下⑧。吾君盛德如唐尧，百神受职河神骄⑨。帝遣风师下约束，北流夜起澶州桥⑩。东风吹冻收微渌⑪，神功不用淇园竹⑫。楚人种麦满河淤，仰看浮槎栖古木。

[注释]

①巨野：泽名，在济州巨野县（今属山东）。淮泗：淮水和泗水。淮水源出河南桐柏山，流经安徽、江苏。泗水源出山东泗水县，流经徐州、宿迁等地。澶魏：澶州与大名府（今河北大名县）。绝流：断流。济：济州。

②楚：指徐州。

③彭门：徐州古称。

④致民愿：表达人民的愿望。迎神休：迎接神灵赐予的福祉。

⑤元光、元封：汉武帝年号。

⑥瓠（hù）子：古堤名，在今河南濮阳县境内。

⑦鳣（zhān）：一种鱼。

⑧"万里"四句：《汉书·沟洫志》记载，武帝祭祀泰山之后，曾命令数万将士修复瓠子堤，并亲自前往万里沙神庙祈祷，投白马与白璧于水中，礼敬水神。又令群臣及将帅抱柴草堵塞堤坝缺口。当地柴草不足，便前往卫国砍伐淇园的竹子。

⑨吾君：指宋神宗。河神骄：指黄河泛滥成灾。

⑩"帝遣"两句指序文所说"十月十三日，澶州大风终日。既止，而河流一枝，已复故道"。风师：风神，也称风伯。

⑪微渌（lù）：微波。渌：清澈。

⑫"神功"一句的意思是,此次河复借助自然的神力,而不必像武帝治河,需远赴卫国砍伐淇园竹。

登望䃯亭

河涨西来失旧䃯①,孤城浑在水光中。忽然归壑无寻处,千里禾麻一半空。

[注释]

①䃯(hóng):深沟,大谷。

答吕梁仲屯田

乱山合沓围彭门①,官居独在悬水村②。居民萧条杂麋鹿,小市冷落无鸡豚。黄河西来初不觉,但讶清泗奔流浑。夜闻沙岸鸣瓮盎,晓看雪浪浮鹏鲲③。吕梁自古喉吻地,万顷一抹何由吞。坐观入市卷闾井,吏民走尽余王尊④。计穷路断欲安适,吟诗破屋愁鸢蹲。岁寒霜重水归壑,但见屋瓦留沙痕。入城相对如梦寐,我亦仅免为鱼鼋。旋呼歌舞杂诙笑,不惜饮釂空瓶盆。念君官舍冰雪冷,新诗美酒聊相温。人生如寄何不乐,任使绛蜡烧黄昏。宣房⑤未筑淮泗满,故道堙灭疮痍存。明年劳苦应更甚,我当畚锸先齐髡⑥。付君万指伐顽石,千锤雷动苍山根。高城如铁洪口快,谈笑却扫看崩奔。农夫掉臂免狼顾⑦,秋谷布野如云屯。还须更置软脚酒,为君击鼓行金樽。

[解题]

吕梁：徐州治所彭城县吕梁镇。

[注释]

①彭门：徐州旧称。

②苏轼自注："悬水村，吕梁地名。"

③鹏鲲：《庄子·逍遥游》中"其翼若垂天之云""水击三千里"的巨鸟鲲鹏。这句以夸张的手法形容洪水极为盛大。

④王尊：汉代东郡太守。《汉书·王尊传》记载："河水盛溢，泛浸瓠子金堤。老弱奔走，恐水大决为害。尊躬率吏民，投沉白马，祀水神、河伯。尊亲执圭璧，使巫策祝，请以身填金堤。因止宿，庐居堤上。吏民数千万人争叩头救止尊，尊终不肯去。及水盛堤坏，吏民皆奔走。唯一主簿泣在尊旁，立不动。而水波稍却回还。"

⑤宣房：宫室名。西汉元光中，黄河决口于瓠子，二十余年不能堵塞，汉武帝亲临决口处，发卒数万人，并命群臣负薪以填，功成之后，筑宫其上，名为宣房宫。这里泛指防水工程。

⑥畚锸（běnchā）：泛指挖运泥土的用具。黥（qíng）：在脸上刺上记号或文字并涂上墨，古代用作刑罚，后来也施于士兵，以防逃跑。也指受过黥刑的人。髡（kūn）：同"髡"。古代一种剃去头发的刑罚。髡，剃发也。黥髡在这里应指将征调修堤的夫役、士兵。

⑦掉臂：甩动手臂行走，形容自由自在。狼顾：狼行走时怕被袭击，常回头往后看，比喻有所顾虑而环视周围。

遭遇乌台诗案

[故事原文]

题杨朴妻诗

真宗东封①还,访天下隐者,得杞人杨朴,能为诗。召对,自言不能。上问临行有人作诗送否?朴曰:"无有。惟臣妻一绝云:'且休落魄贪杯酒,更莫猖狂爱咏诗。今日捉将官里去,这回断送老头皮。'"上大笑,放还山,命其子一官就养。余在湖州,坐作诗追赴诏狱②,妻子③送余出门,皆哭。无以语之,顾老妻曰:"子独不能如杨处士④妻作一诗送我乎?"妻子不觉失笑。予乃出。

[注释]

①东封:宋真宗大中祥符元年(1008)在泰山举行的祭祀天地的典礼。

②诏狱:由皇帝直接掌管的监狱,这里指御史台监狱。

③妻子:妻儿。

④处士:隐士。

黄州上文潞公书(节选)

轼始就逮赴狱,有一子稍长,徒步相随,其余守舍,皆妇女幼稚。至宿州①，御史符下②，就家取文书。州郡望风③，遣吏发卒，围船搜取，老幼几怖死。既去，妇女恚④骂曰："是好著书！书成何所得？而怖我如此！"悉取烧之。比⑤事定，重复寻理，十亡其七八矣。

[解题]

文潞公：文彦博（1006—1097），字宽夫，封潞国公。北宋名臣，历仕仁、英、神、哲四朝，多次担任宰相、枢密使等军国要职。这封书信作于苏轼谪居黄州时期。

[注释]

①宿州：治所在今安徽省宿州市。苏轼被捕之后，王适、王逋兄弟护送苏轼家属前往应天府（治所在今河南商丘）投奔苏辙，见苏轼《王子立墓志铭》。

②御史符下：御史台的公文下达。符：盖有官府印章的公文。

③望风：积极响应，按照御史台的要求执行。

④妇女：指妻子王闰之。恚（huì）：恼恨，发怒。

⑤比：等到。

杭州召还乞郡状（节选）

连三任外补。而先帝①眷臣不衰，时因贺谢表章，即对左右称道②。党人疑臣复用，而李定、何正臣、舒亶三人③，构造飞语，酝酿百端，必欲致臣于死。先帝初亦不听，而此三人执奏不已，故臣得罪下狱。定等选差悍吏皇遵，将带吏卒，就湖州追摄,如捕寇贼。臣即与妻子诀别,留书与弟辙,处置后事,自期必死。过扬子江,便欲自投江中,而吏卒监守不果。到狱,即欲不食求死。而先帝遣使就狱,有所约敕,故狱吏不敢别加非横。臣亦觉知先帝无意杀臣,故复留残喘,得至今日。

[解题]

苏轼于元祐四年(1089)三月出任杭州知州,元祐六年(1091)三月任满,以翰林学士承旨知制诰召还。本文作于苏轼回京后。

[注释]

①先帝:指宋神宗。

②据李焘《续资治通鉴长编》记载:"当其(神宗)饮食而停箸看文字,则内人必曰:'此苏轼文字也。'神宗忽时而称之曰:'奇才!奇才!'"

③元丰二年(1079),李定任御史中丞,何正臣、舒亶任御史,苏轼"乌台诗案"即因三人的弹劾而起。

予以事系御史台狱,狱吏稍见侵,
自度不能堪,死狱中,不得一别子由,
故作二诗授狱卒梁成,以遗子由,二首

其一

圣主如天万物春,小臣愚暗自亡身。百年未满先偿债①,十口无归更累人。是处青山可埋骨,他时夜雨独伤神②。与君今世与君世世为兄弟,又结来生未了因。

其二

柏台③霜气夜凄凄,风动琅珰④月向低。梦绕云山心似鹿,魂惊汤火命如鸡。眼中犀角真吾子⑤,身后牛衣愧老妻⑥。百岁⑦神游定何处,桐乡知葬浙江西。⑧

[解题]

苏轼因所作诗文被指控愚弄朝廷、攻击皇帝,于元丰二年(1079)七月二十八日在湖州知州任上被捕,八月十八日投入御史台监狱。这一年苏轼四十四岁,诗歌作于狱中。

[注释]

①百年:人的自然寿命是百年。这一句的意思是,不能终其天年,是为自己的所作所为付出的代价。

②"是处青山"两句,上句自指,下句指苏辙。是处:到处。苏轼兄弟步入仕途前,曾有"夜雨对床之约",详见前文。

③柏台:御史府中多种满柏树,故又称柏台。

④琅珰:铁锁。

⑤这一句化用《后汉书·李固传》:"貌状有奇表,鼎角匿犀。"意思是儿子们和自己长得很像。

⑥这一句化用《汉书·王章传》:"章为诸生,学长安,独与妻居。章疾病,无被,卧牛衣中。"意思是很惭愧自己没能给妻子留下什么遗产。牛衣:给牛御寒用的草垫。

⑦百岁:死的讳称。

⑧苏轼在这句诗后有自注:"狱中闻杭、湖间民为余作解厄道场累月,故有此句。"

十二月二十八日,蒙恩责授检校水部员外郎黄州团练副使,复用前韵二首

其一

百日归期恰及春,余年乐事最关身。出门便旋①风吹面,走马联翩鹊啅人②。却对酒杯疑是梦,试拈诗笔已如神。此灾何必深追咎,窃禄③从来岂有因。

其二

平生文字为吾累,此去声名不厌低。塞上纵归他日马④,城东不斗少年鸡⑤。休官彭泽贫无酒⑥,隐几维摩病有妻⑦。堪笑睢阳老从事,为余投檄向江西⑧。

[解题]

诗歌作于元丰二年(1079)苏轼从御史台监狱中释放时。检校:在正官之外的加官,其官位高于正官,属定员以外的散官。

[注释]

①便(pián)旋:迅捷。一说:徘徊。
②啅(zhào)人:朝人啼鸣。
③窃禄:窃据官位,无功食禄。做官的谦称。

④《淮南子·人间训》:"近塞上之人,有善术者,马无故亡而入胡,人皆吊之。其父曰:'此何遽不为福乎?'居数月,其马将胡骏马而归。人皆贺之,其父曰:'此何遽不能为祸乎?'家富良马,其子好骑,堕而折其髀,人皆吊之,其父曰:'此何遽不为福乎?'居一年,胡人大入塞,丁壮者引弦而战,近塞之人,死者十九。此独以跛之故,父子相保。故福之为祸,祸之为福,化不可极,深不可测也。"苏轼化用这一典故,比喻出狱虽然是福,但也可能暗藏着灾祸。

⑤"城东"这句可能兼用了两个典故。其一,唐代陈鸿《东坡老父传》讲述贾昌因善于斗鸡而得宠于玄宗,当时民间歌谣唱道:"生儿不用识文字,斗鸡走马胜读书。"苏轼借此表明,自己虽然为文字所累,但绝不会阿世邀宠。其二,"初唐四杰"之一王勃担任沛王府修撰时,曾因起草代沛王鸡向英王鸡挑战的檄文而得罪。苏轼借此表明,今后不再舞文弄墨,以免再次招致灾祸。

⑥陶渊明辞去彭泽县令后,生活陷入困顿。苏轼反用这个典故,表明因为家贫不敢辞官。

⑦据《维摩诘经》记载,维摩诘是古印度的一位富翁,他勤于攻读,虔诚修行,善论佛法,深得佛祖尊重。维摩诘卧病期间,曾向前来探望的人宣说佛法。《维摩诘经》有偈语云:"法喜以为妻,慈悲以为女。"法喜,闻佛法而生欢喜,就像世人爱悦妻子的美色一样。苏轼用这个典故,说自己将衷心信服佛法。

⑧"堪笑"两句,句下苏轼自注:"子由闻予下狱,乞以官爵赎予罪,贬筠州监酒。""睢阳老从事"指苏辙。"乌台诗案"爆发时,苏辙任应天府(今河南商丘)签书判官。应天府古称睢阳。江西:指筠州,今江西高安。

躬耕东坡

[故事原文]

东坡八首并叙

余至黄州二年①,日以困匮。故人马正卿②哀余乏食,为于郡中请故营地数十亩,使得躬耕其中。地既久荒为茨棘瓦砾之场,而岁又大旱,垦辟之劳,筋力殆尽。释耒而叹,乃作是诗,自愍③其勤,庶几④来岁之入以忘其劳焉。

[注释]

①元丰三年(1080)二月一日,苏轼抵达黄州贬所。"至黄州二年",即元丰四年(1081)。

②马正卿,字梦得,河南杞县人。苏轼《马正卿守节》:"杞人马正卿作太学正,清苦有气节,学生既不喜,博士亦忌之。余偶至其斋中,书杜子美《秋雨叹》一篇壁上,初无意也,而正卿即日辞归,不复出,至今白首穷饿,守节如故。正卿字梦得。"

③愍(mǐn):怜悯,哀怜。

④庶几:希望,但愿。

其一

废垒①无人顾,颓垣②满蓬蒿。谁能捐筋力,岁晚不偿劳。独有孤旅人,天穷③无所逃。端来拾瓦砾,岁旱土不膏④。崎岖草棘中，欲刮一寸毛。喟然释耒叹，我廪何时高⑤。

[注释]

①废垒：废弃的军营。垒：军营的墙壁或工事。

②颓垣：坍塌的墙。

③天穷：命中注定的穷困。苏轼《马梦得穷》："马梦得与仆同岁月生，少仆八日。是岁生者无富贵人，而仆与梦得为穷之冠。即吾二人而观之，当推梦得为首。"

④端：特地。膏：肥沃。

⑤喟然：感叹声。廪（lǐn）：粮仓。

其二

荒田虽浪莽，高庳各有适①。下隰种秔稌，东原莳枣栗②。江南有蜀士③，桑果已许乞。好竹不难栽，但恐鞭④横逸。仍须卜佳处，规以安我室⑤。家僮烧枯草，走报暗井出。一饱未敢期，瓢饮已可必⑥。

[注释]

①"荒田"两句的意思是：荒田虽可随意种植，但地势有高有低，适合不同习性的植物。浪莽：放纵，随意。庳（bì）：低洼。

②隰（xí）：低湿的地方。秔稌（jīngtú）：粳稻与糯稻。莳（shì）：栽种。

③江南：指黄州对岸的鄂州武昌县。蜀士：指王文甫。文甫，嘉州犍为人，居武昌。苏轼《答秦太虚》："所居对岸武昌，山水佳绝，有蜀人王生在邑中，往往为风涛所隔，不能即归，则王生能为杀

鸡炊黍,至数日不厌。"

④鞭:竹根。

⑤"仍须"两句的意思是:须在这片地上选一个好位置,留着将来建房子。

⑥"一饱"两句的意思为:虽不敢期望从此丰衣足食,但基本的生活有了保障。瓢饮:语出《论语·雍也》:"一箪食,一瓢饮,在陋巷,人不堪其忧,回也不改其乐。"以瓢勺饮水,比喻生活简朴。

其三

自昔有微泉,来从远岭背。穿城过聚落,流恶壮蓬艾①。去为柯氏陂②,十亩鱼虾会。岁旱泉亦竭,枯萍黏破块③。昨夜南山云,雨到一犁④外。泫然寻故渎,知我理荒荟⑤。泥芹有宿根⑥,一寸嗟独在。雪芽⑦何时动,春鸠行可脍⑧。

[注释]

①"穿城"两句的意思:溪水流过城镇与村落,带走污秽,滋润草木。聚落:村落。流恶:涤荡秽恶。蓬艾:丛生的杂草。

②柯氏陂(bēi):湖泊名。陂:池塘,湖泊。

③枯萍黏破块:枯萎的浮萍粘着干裂的土块。

④一犁:名词作量词,意为雨量丰沛,恰到好处,适合耕种。

⑤泫然:水流动的样子。渎(dú):水沟。荟:草多的样子。

⑥泥芹:芹菜。宿(sù)根:某些二年生或多年生草本植物的根。茎叶枯萎后可以继续生存,次年春重新发芽,所以叫作宿根。

⑦雪芽:芹菜的嫩芽。

⑧苏轼自注:"蜀人贵芹芽脍,杂鸠肉为之。"

其四

种稻清明前,乐事我能数。毛空暗春泽①,针水闻好语②。分秧及初夏,渐喜风叶举③。月明看露上,一一珠垂缕。秋来霜穗重,颠倒相撑拄。但闻畦陇间,蚱蜢如风雨④。新春便入甑⑤,玉粒照筥莒⑥。我久食官仓,红腐等泥土。行当知此味,口腹吾已许。

[注释]

①毛空:下着毛毛细雨的天空。春泽:春天的水田。

②苏轼自注:"蜀人以细雨为雨毛,稻初生时,农夫相语:'稻针出矣。'"

③"分秧"两句:初夏时节,将培育好的秧苗拔出来,分行插入水田。慢慢地,便能欣喜地看到禾苗在初夏的清风中一天天长高。

④苏轼自注:"蜀中稻熟时,蚱蜢群飞田间,如小蝗状,而不害稻。"

⑤甑(zèng):蒸锅。

⑥玉粒:白米。筥(jǔ):圆形的筐。

其五

良农惜地力①,幸此十年荒。桑柘未及成,一麦庶可望②。投种未逾月,覆块已苍苍。农父告我言,勿使苗叶昌。君欲富饼饵,要须纵牛羊③。再拜谢苦言,得饱不敢忘。

[注释]

①地力：土地提供作物生长营养的能力。

②"桑柘"两句：开垦东坡的第一年，虽然其他作物还没有收成，但是有望收获一季麦子。

③"君欲"两句，周紫芝的《竹坡诗话》中有记载："河朔土人言：'河朔地广，麦苗弥望。方其盛时，须纵牧其间，践蹂令稍疏，则其收倍多。'是纵牛羊所以富饼饵也。"另有一说，"纵牛羊"是把牛羊放到麦地里吃麦叶，控制麦苗生长，北方农村称为"放青"。

其六

种枣期可剥，种松期可斫①。事在十年外，吾计亦已悫②。十年何足道，千载如风霆。旧闻李衡奴③，此策疑可学。我有同舍郎，官居在灊岳④。遗我三寸甘，照座光卓荦⑤。百栽倘可致，当及春冰渥⑥。想见竹篱间，青黄⑦垂屋角。

[注释]

①斫：用刀斧砍。

②"事在"两句：虽然十年之后才能有所收获，但我已认真地进行规划。悫（què）：诚实，谨慎。

③李衡：三国时吴国人，曾任丹阳太守。妻子不好理财，李衡便私下派人买地建房，并在周围种下千株柑橘，临终前才告知家人："我身后留下了千头木奴，可以养活你们母子。"

④苏轼自注："李公择也。"李常，字公择，苏轼的好友，时任淮南西路提点刑狱。同舍郎：治平年间，苏轼与李常同在馆阁任职。灊岳：指舒州（治所在今安徽安庆）。

⑤卓荦（luò）：卓越，突出。

⑥春冰渥：春天冰雪融化，沾润土地。

⑦青黄：指未成熟的和已成熟的柑橘。

其七

潘子久不调，沽酒江南村①。郭生②本将种，卖药西市垣。古生亦好事，恐是押牙孙③。家有一亩竹，无时容叩门。我穷交旧绝，三子独见存。从我于东坡，劳饷同一飧。可怜杜拾遗，事与朱、阮论④。吾师卜子夏，四海皆弟昆⑤。

[注释]

①潘子：潘丙，字彦明，屡举进士不中。调（diào）：选拔。苏轼《答秦太虚书》："有潘生者，作酒店樊口，棹小舟，径至店下。"樊口属鄂州武昌县，在长江南岸，与黄州隔江相望，故称"江南村"。

②郭生：郭遘，字兴宗，汾阳人，故称其为唐代中兴名将郭子仪后裔。

③古生：古耕道。好事：爱管闲事，热心。押牙：富平县侠客古押牙，唐代薛调传奇小说《无双传》中的人物。

④可怜：可喜。杜甫《绝句》："梅熟许同朱老吃，松高拟对阮生论。"这两句以杜甫自比，以朱、阮比潘、郭、古三人。

⑤卜子夏：姓卜，名商，字子夏，孔子的学生，"孔门十哲"之一。《论语·颜渊》："司马牛忧曰：'人皆有兄弟，我独亡。'子夏曰：'商闻之矣，死生有命，富贵在天，君子敬而无失，与人恭而有礼。四海之内，皆兄弟也。君子何患乎无兄弟也？'"

其八

马生本穷士,从我二十年。日夜望我贵,求分买山钱①。我今反累君,借耕辍兹田。刮毛龟背上,何时得成毡②。可怜马生痴,至今夸我贤。众笑终不悔,施一当获千。

[注释]

①买山钱:为隐居而购买山林所需的钱,比喻归隐。
②"龟背上刮毡毛"是当时的民间谚语,比喻毫无希望。

与王定国四十一首(节选)

近于侧左得荒地数十亩,买牛一具,躬耕其中。今岁旱,米贵甚。近日方得雨,日夜垦辟,欲种麦,虽劳苦却亦有味。邻曲①相逢欣欣,欲自号鏖糟陂里陶靖节②,如何?

[解题]

王巩,字定国,北宋名相王旦之孙。王巩与苏轼关系极为密切,"乌台诗案"中受到牵连,被贬谪到宾州(今广西宾阳)。这封信作于元丰四年(1081)。

[注释]

①邻曲:邻居,邻里。
②鏖糟陂(áozāobēi):汴京城外的一处沼泽地。这里借以形容烂泥淤积的脏乱之地。鏖糟:肮脏。陶靖节:陶渊明,谥号"靖节"。

与章子厚二首（节选）

某启①。仆②居东坡，作陂③种稻，有田五十亩，身④耕妻蚕，聊以卒岁⑤。昨日一牛病几⑥死，牛医不识其状，而老妻识之，曰："此牛发豆斑疮也，法当以青蒿粥啖之。"用其言而效。勿谓仆谪居之后，一向便作村舍翁，老妻犹解接黑牡丹也⑦。言此，发公千里一笑。

[解题]

这封信作于苏轼谪居黄州时期。章惇，字子厚，苏轼青年时代的朋友，当时在朝廷担任门下侍郎（副宰相）。新旧党争中，章惇属于新党，苏轼属于旧党，政治立场不同。元丰二年（1079），苏轼遭遇"乌台诗案"，章惇曾为苏轼辩护。

[注释]

①某：自指，代替"我"或本名，谦虚的用法。启：陈述。用于书信的开头。

②仆：自指，谦虚的用法。

③陂（bēi）：陂田，坡田。

④身：自己。

⑤聊以卒岁：勉强度过一年。形容生活艰难。

⑥几（jī）：几乎，差不多。

⑦黑牡丹：唐代末年，有个叫刘训的人，是长安城里的富豪。长安人春游，流行观赏牡丹花。有一次，刘训邀请了很多客人到他家赏花，结果呈现在大家面前的，竟然是数百头水牛。刘训指着这些水

牛说："这就是咱们刘家的黑牡丹。"苏轼运用这个典故，说："我太太还善于种植黑牡丹呢！"非常诙谐幽默。

二红饭

今年东坡收大麦二十余石①，卖之价甚贱，而粳米适尽，乃课②奴婢舂以为饭，嚼之啧啧有声。小儿女相调③，云是嚼虱子。日中饥，用浆水淘食之④，自然甘酸浮滑，有西北村落气味。今日复令庖人⑤，杂小豆作饭，尤有味。老妻大笑曰："此新样二红饭⑥也。"

[注释]

①石（dàn）：旧计量单位，120市斤等于一石。

②课：督促。

③调（tiáo）：调笑，戏弄。

④浆水：类似米酒，味酸，又名酸浆。淘：以汁液拌和食品。

⑤庖（páo）人：厨师。

⑥二红饭：用大麦和小豆一起煮成的饭，因两种食材都是红色的，所以称为"二红饭"。

拯救弃婴

[故事原文]

与朱鄂州书

轼启。近递中奉书，必达。比日春寒，起居何似。昨日武昌寄居王殿直天麟见过①，偶说一事，闻之酸辛，为食不下。念非吾康叔之贤，莫足告语，故专遣此人。俗人区区，了眼前事，救过不暇，岂有余力及此度外事乎②？天麟言：岳鄂间田野小人，例只养二男一女，过此辄杀之，尤讳养女，以故民间少女，多鳏夫③。初生，辄以冷水浸杀，其父母亦不忍，率常闭目背面，以手按之水盆中，咿嘤良久乃死。有神山乡百姓石揆者，连杀两子，去岁夏中，其妻一产四子，楚毒不可堪忍，母子皆毙。报应如此，而愚人不知创艾④。天麟每闻其侧近有此，辄驰救之，量⑤与衣服饮食，全活者非一。既旬日，有无子息人欲乞其子者，辄亦不肯。以此知其父子之爱，天性故在，特牵于习俗耳。闻鄂人有秦光亨者，今已及第，为安州司法⑥。方其在母也⑦，其舅陈遵，梦一小儿挽其衣，若有所诉。比两夕⑧，辄见之，其状甚急。遵独念其姊有娠将产，而意不乐多子，岂其应是乎？驰往省之，则儿已在水盆中矣，救之得免。鄂人户知之。

准律，故杀子孙，徒二年。此长吏所得按举。愿公明以告诸邑令佐，使召诸保正，告以法律，谕以祸福，约以必行，使归转以相语，仍录条粉壁晓示⑨，且立赏召人告官，赏钱以犯人及邻保家财充，若客户则及其地主⑩。妇人怀孕，经涉岁月，邻保地主，无不知者。若后杀之，其势足相举，觉容而不告，使出赏固宜。若依律行遣⑪数人，此风便革。公更使令佐各以至意诱谕⑫地主豪户，若实贫甚不能举子者，薄有以赒之⑬。人非木石，亦必乐从。但得初生数日不杀，后虽劝之使杀，亦不肯矣。自今以往，缘公而得活者，岂可胜计哉。

佛言杀生之罪，以杀胎卵为最重。六畜犹尔，而况于人。俗谓小儿病为无辜，此真可谓无辜矣。悼耄⑭杀人犹不死，况无罪而杀之乎？公能生之于万死中，其阴德十倍于雪活⑮壮夫也。昔王濬为巴郡太守⑯，巴人生子皆不举。濬严其科条⑰，宽其徭役，所活数千人。及后伐吴，所活者皆堪为兵。其父母戒之曰："王府君生汝，汝必死之。"古之循吏⑱，如此类者非一。居今之世，而有古循吏之风者，非公而谁。此事特⑲未知耳。

轼向在密州⑳，遇饥年，民多弃子，因盘量劝诱米，得出剩数百石别储之，专以收养弃儿，月给六斗。比期年㉑，养者与儿，皆有父母之爱，遂不失所，所活亦数千人。此等事，在公如反手耳。恃深契，故不自外。不罪！不罪！此外，惟为民自重。不宣。轼再顿首。

[解题]

元丰五年（1082）作于黄州。朱鄂州：朱寿昌，字康叔，时任鄂州（今湖北武汉市武昌区）知州。他七岁时，母亲被父亲休弃。科举及第后，便开始漫长的寻母之旅，五十七岁这年终于找到已经七十多岁的母亲。这件事情震惊朝野，包括王安石、苏轼在内的众多诗人纷纷为他赋诗，朱寿昌也因此得到朝廷的表彰。

[注释]

①寄居：客居，居住他乡。殿直：官名，没有实际职事，只代表官阶。见过：谦辞，即来访。

②"俗人区区"四句：意思是一般凡庸的官员处理分内工作尚且错误百出，是没有能力管杀婴这种事情的。区区：愚拙，凡庸。了（liǎo）：完成。

③鳏（guān）夫：成年无妻或丧妻的人。

④创艾（yì）：因受惩治而畏惧、戒惧。

⑤量（liáng）：衡量，酌量。

⑥安州：今湖北安陆。司法：即司法参军事，州府幕僚官，掌刑法、断案。

⑦方其在母也：当他母亲怀他的时候。

⑧比两夕：接连两晚。

⑨录条粉壁晓示：将相关法律条文写在墙壁上，晓示百姓。

⑩若客户则及其地主：如果是寄居此地的异乡人犯下杀子之罪，则租借房屋、土地给他的地主也要受到责罚。

⑪行遣：处置，发落。

⑫以至意诱谕：以最诚恳的态度劝导、晓谕。至意：极诚恳的情意。

⑬薄有以赒（zhōu）之：稍加救济。

⑭悼耄（mào）：幼童与老年人。《礼记·曲礼上》："八十九十曰耄，七年曰悼。悼与耄，虽有罪不加刑焉。"

⑮雪活：洗刷冤情而活人生命。

⑯王濬(jùn)：西晋名将。巴郡：今重庆市渝中区。

⑰科条：法令条文。

⑱循吏：守法循理的官吏。

⑲特：只不过。

⑳苏轼熙宁七年（1074）至熙宁九年（1076）任密州知州。密州：今山东诸城。

㉑比期年：等到年深月久。比：等到。期(jī)：一周年，一整月。

黄鄂之风

近闻黄州小民贫者生子多不举①，初生便于水盆中浸杀之，江南②尤甚，闻之不忍。会故人朱寿昌康叔守鄂州，乃以书遗之，俾③立赏罚以变此风。黄之士古耕道，虽椎鲁④无它长，然颇诚实，喜为善。乃使率黄人之富者，岁出十千，如愿过此者，亦听⑤。使耕道掌之，多买米布绢絮，使安国寺僧继莲书其出入⑥。访间里⑦田野有贫甚不举子者，辄少遗之⑧。若岁活得百个小儿，亦闲居一乐事也。吾虽贫，亦当出十千。

[解题]

元丰五年（1082）作于黄州。

[注释]

①不举：不抚养。

②江南：这里指鄂州，地处长江南岸，故称。

③俾（bǐ）：使。

④椎（chuí）鲁：迟钝、愚笨。

⑤听：接受，接纳。

⑥书其出入：记账。

⑦闾（lú）里：乡里，邻里。

⑧少遗（wèi）之：稍稍捐赠一些物资给他。

李委吹笛

[故事原文]

李委吹笛并引

元丰五年十二月十九日，东坡生日。置酒赤壁矶下，踞高峰，俯鹘①巢。酒酣，笛声起于江上。客有郭、古二生，颇知音，谓坡曰："笛声有新意，非俗工②也。"使人问之，则进士③李委，闻坡生日，作新曲曰《鹤南飞》以献。呼之使前，则青巾紫裘要笛④而已。既奏新曲，又快作数弄⑤，嘹⑥然有穿云裂石之声。坐客皆引满⑦醉倒。委袖出嘉纸一幅，曰："吾无求于公⑧，得一绝句⑨足矣。"坡笑而从之。

山头孤鹤向南飞，载我南游到九疑⑩。下界何人也吹笛⑪，可怜时复犯龟兹⑫。

[注释]

①鹘（hú）：一种凶猛的鸟类，善于捕食小动物。

②俗工：技艺平庸的艺人。

③进士：宋代科举考试分为乡试、省试和殿试三级。通过了乡试的人被称为"进士"。

④要笛：腰间别着一支笛子。要："腰"的古字，这里是名词作动词。

⑤数弄：几支曲子。弄：乐曲。

⑥嘹：声音响亮。

⑦引满：倒酒满杯而饮。

⑧公：对成年男性的尊称。

⑨绝句：一种诗歌形式。

⑩九疑：山名，在湖南省宁远县。古代传说，舜帝"南巡"，久久不归。他的两位妃子娥皇、女英千里寻夫，途中得知舜帝已死，埋在九疑山下。娥皇、女英抱竹痛哭，眼泪洒在竹子上，留下了斑点。从此这种带有紫褐色斑点的竹子便被称为斑竹，又叫湘妃竹。苏轼运用这个典故，既是由竹笛联想到斑竹，又由斑竹联想到娥皇、女英的故事，借以形容笛曲感人至深。

⑪下界：人间。与天上相对而言。古人认为神仙住在天上，称上界。这句诗称赞笛曲像仙乐一样优美动人。

⑫可怜：可喜。犯：乐曲用语，指掺杂使用不同曲调，以增加乐曲的变化。龟兹（qiūcí）：古西域国名，在今新疆库车一带。这里指龟兹一带的音乐。这句诗称赞笛曲十分新奇。

庐山游记

[故事原文]

自记庐山诗

仆①初入庐山,山谷奇秀,平日所未见,殆②应接不暇,遂发意不欲作诗。已而见山中僧俗③,皆云苏子瞻来矣,不觉作一绝云:"芒鞋青竹杖,自挂百钱游④。可怪深山里,人人识故侯⑤。"既而哂前言之谬⑥,复作两绝句云:"青山若无素,偃蹇不相亲⑦。要识庐山面,他年是故人。"又云:"自昔怀清赏,神游杳霭间。如今不是梦,真个在庐山。"是日有以陈令举⑧《庐山记》见寄者,且行且读,见其中有云徐凝、李白之诗,不觉失笑。开先寺主求诗,为作一绝云:"帝遣银河一派垂,古来唯有谪仙词。飞流溅沫知多少,不与徐凝洗恶诗。"往来山南北十余日,以为胜绝不可胜谈,择其尤者,莫如漱玉亭、三峡桥,故作二诗。最后与总老同游西林⑨,又作一绝云:"横看成岭侧成峰,到处看山了不同。不识庐山真面目,只缘身在此山中。"仆庐山之诗,尽于此矣。

[解题]

元丰七年(1084)四月,苏轼量移汝州(今河南汝州),乘便前往筠州(今江西高安)探望苏辙一家,途中曾往庐山游玩。

[注释]

①仆：谦辞，古代男性的自称。

②殆（dài）：几乎。

③已而：不久，继而。僧俗：和尚和百姓。

④这两句表明，此次到庐山不是公务出差，而是自费旅游。芒鞋：草鞋。

⑤故侯：曾经做过大官的人。苏轼此时是被贬谪的罪官，所以自称"故侯"。

⑥前言之谬：指所作绝句流露出来的得意之情。哂：讥笑。

⑦素：旧，交情。偃蹇（yǎnjiǎn）：高耸，傲慢。

⑧陈舜俞，字令举，号白牛居士，秀州（今浙江嘉兴）人。庆历六年（1046）登进士乙科，嘉祐四年（1059）应制科第一。任山阴知县时，拒绝推行新法，贬南康军（今江西星子县南康镇），经常骑牛游庐山。后隐居秀州白牛村著书立说，不久病逝。苏轼曾作《祭陈令举文》，表达深切哀悼。

⑨总老：北宋著名高僧，时任庐山东林寺住持。西林：西林寺。

神奇的圣散子

[故事原文]

圣散子叙（节选）

自古论病，惟伤寒最为危急，其表里虚实①，日数证候，应汗应下②之类，差之毫厘，辄至不救。而用《圣散子》者，一切不问。凡阴阳二毒，男女相易，状至危急者，连饮数剂，即汗出气通，饮食稍进，神守完复，更不用诸药连服取差。其余轻者，心额微汗，正尔无恙。药性微热，而阳毒发狂之类，服之即觉清凉。此殆不可以常理诘也。若时疫流行，平旦③于大釜中煮之，不问老少良贱，各服一大盏，即时气不入其门。平居无疾，能空腹一服，则饮食倍常，百疾不生。真济世之具，卫家之宝也。其方不知所从出，得之于眉山人巢君谷。谷多学，好方秘，惜此方不传其子。余苦求得之。谪居黄州，比年④时疫，合此药散之，所活不可胜数。巢初授余，约不传人，指江水为盟。余窃隘之，乃以传蕲水人庞君安时。安时以善医闻于世，又善著书，欲以传后，故以授之，亦使巢君之名，与此方同不朽也。

[解题]

元丰年间作于黄州。圣散子药方具体记录在《苏沈良方》一书中，据记载，北宋末年和明代，大规模瘟疫流行时，也曾有人效法苏轼施药济民，却出现"杀人无数"的可怕后果。现代医学研究者认为，中医讲究辨证论治，不仅不同的病需用不同的药方，同一种病也往往因人而异，需采取不同的治疗手段。圣散子"救人无数"和"杀人无数"两种截然相反的效果，充分说明了这一点。

[注释]

①表里：中医术语，指病在浅表、病邪入里，或病在内脏的不同症状。虚实：中医术语，指虚症和实症。虚症，体质虚弱的人所发生的身疲力乏、心悸气短、自汗盗汗等症状。实症，发病时高烧、无汗、大便不通、胸腹胀满等症状。

②汗：汗法，指中医驱逐风寒暑湿病邪于体外的治疗方法。下：下法，指运用有泻下、攻逐、润下作用的药物，以通导大便，消除积滞，荡涤实热，攻逐水饮、积聚的治疗方法。又称泻下、攻下、通里、通下。

③平旦：清晨，平日。

④比年：连年。

圣散子后序

《圣散子》主疾，功效非一。去年春①，杭之民病，得此药全活者，不可胜数。所用皆中下品药②，略计每千钱即得千服，所济已及千人。由此积之，其利甚博。凡人欲施惠而力能自办者，犹有所止，若合众力，则人有善利，其行可久。今募信士就楞严院修制③，自立春后起施，直至来年春夏之交，有入名者④，径以施送本院。昔薄拘罗尊者，以诃梨勒施一病比丘，故获报身，身常无众疾⑤。施无多寡，随力助缘。疾病必相扶持，功德岂有限量。仁者恻隐，当崇善因。吴郡⑥陆广秀才，施此方并药，得之于智藏主禅月大师宝泽，乃乡僧也。其陆广见在⑦京施方并药，在麦鞠巷居住。

[解题]

元祐六年（1091）作。

[注释]

①去年春：元祐五年（1090）。苏轼于元祐四年（1089）七月到杭州任职，元祐六年（1091）三月离任。

②中下品药：指价格低廉的药材。

③信士：信奉佛教的在家男子。楞严院：寺庙名。

④入名者：报名者。

⑤故事出自《妙法莲华经》。薄拘罗：佛教人物。尊者：具有较高德行和智慧的僧人。诃梨勒：植物名，果实可入药。比丘：出家人，僧人。报身：佛教语。指经过修习而获得佛果之身。

⑥吴郡：今江苏苏州。

⑦见在：现在。

合浦遇险记

[故事原文]

书合浦舟行

予自海康①适合浦,遭连日大雨,桥梁尽坏,水无津涯。自兴廉村净行院下,乘小舟至官寨。闻自此西皆涨水,无复桥船。或劝乘蜑舟②并海即白石。是日,六月晦③,无月。碇宿④大海中,天水相接,疏星满天。起坐四顾太息,吾何数乘此险也!已济徐闻⑤,复厄于此乎?过子在傍鼾睡,呼不应。所撰《易》、《书》、《论语》⑥皆以自随,世未有别本。抚之而叹曰:"天未丧斯文,吾辈必济!"⑦已而果然。七月四日合浦记。时元符三年也。

[解题]

合浦:宋代廉州州治所在地,今广西合浦县。元符三年(1100)正月哲宗去世,徽宗即位,大赦天下。二月,苏轼移廉州安置,七月四日抵达廉州。本文作于廉州。

[注释]

①海康:宋代雷州州治所在地,今广东雷州市。

②蜑(dàn):古代南方少数民族。蜑舟:蜑民的船。

③晦:每月最后一日。

④碇（dìng）：系船的石礅。碇宿：停船过夜。

⑤济徐闻：苏轼六月二十日渡琼州海峡到徐闻，曾作《六月二十日夜渡海》一诗。徐闻：海康。

⑥苏轼的学术著作《东坡易传》《东坡书传》《东坡论语解》。

⑦《论语·子罕》记载，孔子在匡地遭到围困，身处危急情势，孔子感叹道："文王既没，文不在兹乎？天之将丧斯文也，后死者不得与于斯文也；天之未丧斯文也，匡人其如予何？"斯文：文化。

师友逸事

淡泊坦荡的王大年

[故事原文]

王大年哀词

嘉祐末,予从事岐下①。而太原王君讳彭,字大年,监府诸军②。居相邻,日相从也。时太守陈公弼驭下严甚,威震旁郡,僚吏不敢仰视。君独侃侃自若,未尝降色词③,公弼亦敬焉。予始异之。问于知君者。皆曰:"此故武宁军节度使讳全斌之曾孙,而武胜军节度观察留后讳凯之子也④。少时从父讨贼甘陵⑤,搏战城下,所部斩七十余级,手射杀二人,而奏功不赏。或劝君自言,君笑曰:'吾为君父战,岂为赏哉?'"予闻而贤之,始与论交。君博学精练,书无所不通。尤喜予文,每为出一篇,辄拊掌欢然终日。予始未知佛法,君为言大略,皆推见至隐以自证耳,使人不疑。予之喜佛书,盖自君发之。其后君为将,日有闻,乞自试于边,而韩魏公、文潞公皆以为可用。先帝方欲尽其才,而君以病卒。其子说,以文学议论有闻于世,亦从予游。予既悲君之不遇,而喜其有子。于其葬也,作相挽之诗以饯之。其词曰:

君之为将,允武且仁。甚似其父,而辅以文。君之为士,涵咏书诗。议论慨然,其子似之。奔走四方,豪杰是友。没而无闻,朋友之咎。骥堕地走,虎生而斑。视其父子,以考我言。

[解题]

哀词:一种用以哀悼死者的文体。

[注释]

①苏轼嘉祐六年(1061)十二月至治平元年(1064)十二月在凤翔府(今陕西凤翔)任签书节度判官。从事:任职。岐下:凤翔境内有岐山,故又称岐下。

②监府诸军:凤翔府监军,负责监督军务的官员。

③降色词:低声下气。色词:言语神态。

④王全斌:北宋开国功臣。王凯:王全斌之孙,北宋名将。

⑤甘陵:今山东临清。其事发生在庆历八年(1048)。

墨竹大师文与可

[故事原文]

跋文与可墨竹

昔时,与可墨竹,见精缣①良纸,辄奋笔挥洒,不能自已,坐客争夺持去，与可亦不甚惜。后来见人设置笔砚，即逡巡②避去。人就求索，至终岁不可得。或问其故。与可曰："吾乃者学道未至，意有所不适，而无所遣之，故一发于墨竹，是病也。今吾病良已，可若何？"然以余观之，与可之病，亦未得为已也，独不容有不发乎？余将伺其发而掩取之。彼方以为病，而吾又利其病，是吾亦病也。熙宁庚戌③七月二十一日，子瞻。

[注释]

①缣：细密的绢。

②逡（qūn）巡：退避，退让。

③熙宁庚戌：熙宁三年（1070），苏轼三十五岁。

文与可画筼筜谷偃竹记

竹之始生，一寸之萌耳，而节叶具焉。自蜩腹蛇蚹①以至于剑拔十寻者，生而有之也②。今画者乃节节而为之，叶叶而累③之，岂复有竹乎！故画竹必先得成竹于胸中，执笔熟视，乃见其所欲画者，急起从之，振笔直遂④，以追其所见，如兔起鹘落⑤，少纵则逝矣。与可之教予如此。予不能然也，而心识其所以然。夫既心识其所以然而不能然者，内外不一，心手不相应，不学之过也。故凡有见于中而操之不熟者，平居自视了然，而临事忽焉丧之，岂独竹乎！子由为《墨竹赋》以遗与可曰："庖丁，解牛者也，而养生者取之。轮扁，斲轮者也，而读书者与之⑥。今夫夫子之托于斯竹也，而予以为有道者，则非耶⑦？"子由未尝画也，故得其意而已。若予者，岂独得其意，并得其法⑧。

与可画竹，初不自贵重，四方之人持缣素⁹而请者，足相蹑于其门。与可厌之，投诸地而骂曰："吾将以为袜材。"士大夫传之，以为口实。及与可自洋州还，而余为徐州。与可以书遗余曰："近语士大夫，吾墨竹一派，近在彭城⑩，可往求之。袜材当萃于子矣⑪。"书尾复写一诗，其略曰："拟将一段鹅溪绢⑫，扫取寒梢万尺长。"予谓与可，竹长万尺，当用绢二百五十匹，知公倦于笔砚，愿得此绢而已。与可无以答，则曰："吾言妄矣，世岂有万尺竹也哉。"余因而实之⑬，答其诗曰：世间亦有千寻竹，月落庭空影许长。与可笑曰："苏子辩则辩矣。然二百五十匹，吾将买田而归老焉。"因以所画筼筜谷偃竹遗予，曰："此竹数尺耳，而有万尺之势。"筼筜谷在洋州，与可尝令予作《洋州三十咏》，筼筜谷其一也。予诗云："汉川⑭修竹贱如蓬，斤斧何曾赦箨龙⑮。料得清贫馋太守，渭滨千亩⑯在胸中。"与可是日与其妻游谷中，烧笋晚食，发函得诗，失笑喷饭满案。

　　元丰二年⑰正月二十日，与可没于陈州⑱。是岁七月七日，予在湖州曝书画，见此竹，废卷⑲而哭失声。昔曹孟德《祭桥公文》，有"车过""腹痛"之语⑳，而予亦载与可畴昔㉑戏笑之言者，以见与可于予亲厚无间如此也。

[解题]

　　筼筜（yúndāng）谷，在洋州（今陕西洋县），其地多竹，文同曾任洋州知州，经常前去游玩。筼筜是一种大竹子，皮薄、节长而竿高。偃（yǎn），倒伏，倒下。偃竹，应当是指竹林在风中欹侧的样子。

[注释]

①蜩(tiáo)腹蛇蚹(fù)：形容竹子生长时，笋壳脱落，好像蝉脱壳、蛇蜕皮一样。蜩：蝉。蚹：蛇腹下代足爬行的横鳞。

②生而有之：自然生长的结果。

③累(lěi)：添加。

④振笔直遂：挥毫落笔，一气呵成。

⑤兔起鹘(hú)落：兔子刚跳起来，鹘就猛扑下去，比喻动作敏捷、流畅。鹘：打猎用的鹰一类的猛禽。

⑥子由：苏轼的弟弟苏辙，字子由。"庖丁"三句：出自《庄子·养生主》，庖丁向文惠君阐释自己解牛时技艺纯熟、游刃有余的原因，文惠君听完后表示："善哉！吾闻庖丁之言，得养生焉。""轮扁"三句：出自《庄子·天地》，轮扁以自己斫轮的经验为例，说明最精深微妙的思想无法用语言表达，因此古人之书不过是古人的糟粕而已。斫轮：用刀斧砍削木料制作车轮。苏辙借用这两个典故，说明世间道理都是相通的。

⑦"今夫夫子"三句的意思为：我通过您所画的墨竹，认识到您是一位体认到世界本质的得道者，难道不是吗？

⑧法：绘画的技法。

⑨缣素：用作画布的白色细绢。

⑩彭城：徐州古称。

⑪袜材当萃于子矣：意思是求画墨竹的缣素都会聚集到你那里了。

⑫鹅溪：地名，在今四川盐亭西北，其地所产绢素十分名贵。

⑬实之：坐实有万尺之竹。

⑭汉川：汉水。洋州在汉水上游。

⑮箨(tuò)龙：竹笋。

⑯渭滨千亩：《史记·货殖列传》："齐鲁千亩桑麻，渭川千亩竹……此其人皆与千户侯等。"苏轼戏用这个典故。

⑰元丰二年：1079年，苏轼四十四岁，时任湖州（今浙江湖州）知州。

⑱陈州：治所在今河南淮阳。

⑲废卷：放下书卷。

⑳"昔曹孟德"两句：曹操早年得桥玄赏识，彼此关系亲厚，桥玄曾与他相约——自己身后，曹操若从坟前经过，而不以斗酒只鸡祭奠，则"车过三步，腹痛勿怪"。桥玄死后，曹操作《祀故太尉桥玄文》，追述往事，感叹道："虽临时戏笑之言，非至亲之笃好，胡肯为此辞乎！"

㉑畴昔：从前。

虔州隐士钟子翼

[故事原文]

钟子翼哀词并引（节选）

轼年始十二，先君宫师归自江南①，曰："吾南游至虔，有隐君子钟君，与其弟概从吾游，同登马祖岩②，入天竺寺，观乐天墨迹③。吾不饮酒，君尝置醴④焉。"方是时，先君未为时所知,旅游万里,舍者常争席⑤,而君独知敬异之。其后五十有五年,轼自海南还⑥,过赣上,访先君遗迹,而故老皆无在者,君之没盖三十有一年矣。见其子志仁、志行、志远,相持而泣,念无以致其哀者,乃追作此词。君讳柴,字子翼,博学笃行,为江南之秀。欧阳永叔、尹师鲁、余安道、曾子固⑦皆知之,然卒不遇以没。侬智高⑧叛岭南,声摇江西。虔守曹观,欲籍⑨民财为战守备,谋之于君。君曰:"智高必不能过岭。无事而籍民,民惧且走。"观曰:"如缓急何?"君曰:"同舟遇风,胡越可使为左右手,况吾民乎?不幸而至于急,则官与民为一家,夫孰非吾财者,何以籍为?"观悟而止,虔人以安。

[注释]

①庆历六年(1046),苏洵在京参加制科考试不中,于庆历七年(1047)离京南游,八月在虔州(今江西赣州)得知父亲苏序去世的消息,匆匆返乡奔丧。

②马祖岩:在今江西赣州市,因唐代高僧马祖道一曾在此传授禅经而得名。

③唐代诗人白居易曾为杭州灵隐寺韬光禅师题诗。后来,韬光禅师离开杭州,到虔州天竺寺当住持,将白居易的亲笔题诗带到了虔州。

④醴:甜酒。

⑤舍者:旅舍的人。争席:争座位。出自《庄子·寓言》:"其往也,舍者迎将其家,公执席,妻执巾栉,舍者避席,炀者避灶。其反也,舍者与之争席矣。"原意是说一个叫阳子居的人,受教于老子之前,态度张扬,自以为是,人们都对他敬而远之;受教于老子之后,则摒弃了骄矜之气,人们在他面前也显得无拘无束,相

处融洽。苏轼这里则改变了原意,用以表示苏洵成名前屡屡遭人轻视。

⑥苏轼于元符三年(1100)遇赦北归,建中靖国元年(1101)正月抵达虔州。

⑦欧阳永叔:欧阳修。尹师鲁:尹洙,北宋古文家。余安道:余靖,北宋政治家。曾子固:曾巩,北宋古文家。

⑧侬智高:北宋中期南方少数民族首领,皇祐四年(1052)率众叛乱。

⑨籍:登记,征收。

与众不同的石幼安

[故事原文]

石氏画苑记(节选)

石康伯,字幼安,蜀之眉山人,故紫薇舍人①昌言之幼子也。举进士不第,即弃去,当以荫得官②,亦不就,读书作诗以自娱而已,不求人知。独好法书、名画、古器、异物,遇有所见,脱衣辍食求之,不问有无。居京师四十年,出入闾巷,未尝骑马。在稠人中,耳目谡谡然③,专求其所好。长七尺,黑而髯,如世所画道人剑客,而徒步尘埃中,若有所营,不知者以为异人也。又善滑稽，巧发微中④，旁人抵掌绝倒，而幼安淡然不变色。与人游，知其急难，甚于为己。有客于京师而病者，辄舁⑤置其家，亲饮食之，死则棺敛之，无难色。凡识幼安者，皆知其如此。而余独深知之。幼安识虑甚远，独口不言耳。今年六十二，状貌如四十许人，须三尺，郁然无一茎白者，此岂徒然⑥者哉。

[注释]

①紫薇舍人：即紫微舍人，中书舍人的别称。唐开元初年（713），中书省曾改称紫微省，原中书舍人亦改称紫微舍人，不久改回旧名。

②以荫得官：凭借祖先的功勋循例做官。

③谡谡（sùsù）然：很专注的样子。

④巧发微中：机智、委婉而能切中要害。

⑤舁（yú）：共同用手抬。

⑥徒然：偶然。

用情专一的刘庭式

[故事原文]

书刘庭式事

予昔为密州①，殿中丞刘庭式为通判②。庭式，齐人也。而子由为齐州③掌书记，得其乡间之言以告予，曰："庭式通礼学究④。未及第时，议娶其乡人之女，既约而未纳币⑤也。庭式及第，其女以疾，两目皆盲。女家躬耕，贫甚，不敢复言。或劝纳其幼女。庭式笑曰：'吾心已许之矣。虽盲，岂负吾初心哉！'卒娶盲女，与之偕老。"盲女死于密，庭式丧之，逾年而哀不衰，不肯复娶。予偶问之："哀生于爱，爱生于色。子娶盲女，与之偕老，义也。爱从何生，哀从何出乎？"庭式曰："吾知丧吾妻而已，有目亦吾妻也，无目亦吾妻也。吾若缘色而生爱，缘爱而生哀，色衰爱弛，吾哀亦忘。则凡扬袂倚市，目挑而心招者，皆可以为妻也耶？"予深感其言，曰："子功名富贵人也。"或笑予言之过，予曰："不然，昔羊叔子娶夏侯霸女⑥，霸叛入蜀，亲友皆告绝，而叔子独安其室，恩礼有加焉。君子是以知叔子之贵也，其后卒为晋元臣。今庭式亦庶几焉，若不贵，必且得道。"时坐客皆怃然⑦不信也。昨日有人自庐山来，云："庭式今在山中，监太平观⑧，面目奕奕有紫光，步上下峻坂，往复六十里如飞，绝粒不食，已数年矣。此岂无得而然哉！"闻之喜甚，自以吾言之不妄也，乃书以寄密人赵杲卿。杲卿与庭式善，且皆尝闻余言者。庭式，字得之，今为朝请郎。杲卿，字明叔，乡贡进士，亦有行义。元丰六年七月十五日，东坡居士书。

[注释]

①苏轼熙宁七年（1074）到熙宁九年（1076）任密州（今山东诸城）知州。

②通判：州府副长官。

③齐州：今山东济南。

④学究：科举考试科目。宋代科举，除进士科外，还有明经、学究、明法等科目。进士科重在诗赋，能一定程度上体现个人的创造力，明经、学究等重在死记硬背。人才多出于进士科，整个社会也以得中进士为荣。

⑤中国传统嫁娶礼仪分六个步骤：纳采、问名、纳吉、纳徵、请期、亲迎。纳币：即纳徵，择日具书，送聘礼至女家，女家受物复书，婚姻乃定。

⑥羊叔子：即羊祜，字叔子，西晋政治家。夏侯霸：字仲权，原为三国时期魏国重要将领。熹平元年（172），司马懿发动政变，诛杀辅政大臣曹爽。夏侯霸深得曹爽厚待，因此惶恐不安，投奔蜀国。

⑦忤（wǔ）然：惊愕的样子。

⑧监太平观：祠禄官，一般无职事，属于闲散官职。

特立独行的方山子

[故事原文]

方山子传

方山子，光、黄间隐人也①。少时慕朱家、郭解②为人，闾里之侠皆宗之③。稍壮，折节④读书，欲以此驰骋⑤当世。然终不遇⑥，晚乃遁于光、黄间曰岐亭⑦。庵居蔬食，不与世相闻。弃车马,毁冠服,徒步往来山中,人莫识也。见其所著帽,方屋⑧而高,曰:"此岂古方山冠⑨之遗像乎?"因谓之方山子。

余谪居于黄,过岐亭,适见焉。曰:呜呼,此吾故人陈慥季常也,何为而在此?方山子亦矍然问余所以至此者。余告之故,俯而不答,仰而笑,呼余宿其家。环堵萧然,而妻子奴婢皆有自得之意⑩。余既耸然异之。

独念方山子少时使酒好剑,用财如粪土。前十有九年,余在岐下⑪,见方山子从两骑,挟二矢,游西山。鹊起于前,使骑逐而射之,不获。方山子怒马⑫独出,一发得之。因与余马上论用兵及古今成败,自谓一世豪士,今几日耳,精悍之色,犹见于眉间,而岂山中之人哉!

然方山子世有勋阀,当得官,使从事于其间,今已显闻⑬。而其家在洛阳,园宅壮丽与公侯等。河北有田,岁得帛千匹,亦足以富乐。皆弃不取,独来穷山中,此岂无得而然哉⑭。

余闻光、黄间多异人⑮,往往阳狂垢污,不可得而见⑯,方山子傥见之与⑰?

[解题]

元丰四年(1081)作于黄州。

[注释]

①光、黄间:光州与黄州一带。光州,治所在今河南潢川县。隐人:隐士。

②朱家、郭解:汉代著名游侠,见司马迁《史记·游侠列传》。

③闾里之侠:乡里的侠士。宗:尊崇,归附。

④折节：自我克制，改变以往的志向和行为。

⑤驰骋：在某个领域纵横自如，充分发挥才能。

⑥不遇：不得志，不被赏识。

⑦岐亭：在黄州麻城县。

⑧屋：帽顶。

⑨方山冠：汉代祭祀宗庙时乐人所戴。

⑩环堵萧然：形容居室简陋。自得：满足，惬意。

⑪岐下：凤翔府。

⑫怒马：策马。怒：奋起，奋发。

⑬世有勋阀：出生于功勋家族。陈慥的父亲陈希亮官至太常少卿，每当获得荫补子弟的名额，总是先照顾族人，陈慥最终没有获得荫补入仕的机会。这几句的意思是，假如陈慥有机会入仕，如今应该已经获得了很高的地位。

⑭这几句是说，陈慥放弃了做官的机会，也放弃了洛阳的豪宅、河北肥沃的田产，来到这穷乡僻壤生活，是因为他对生活有独特的领悟，有更高的精神追求。

⑮异人：不寻常的人，有特殊本领的人。

⑯阳狂垢污，不可得而见：假装疯癫、肮脏秽臭，普通人都只看到表面现象，无法察知表象下面的神奇本质。阳狂：佯狂。

⑰傥：倘。或许，大概。这句的意思是，陈慥跟那些异人属于同类，同声相应，同气相求。普通人可能与异人对面而不识，陈慥大概是可以识别的。

岐亭五首并叙

元丰三年正月,余始谪黄州。至岐亭北二十五里山上,有白马青盖来迎者,则余故人陈慥季常也。为留五日,赋诗一篇而去。明年正月,复往见之,季常使人劳①余于中途。余久不杀②,恐季常之为余杀也,则以前韵作诗,为杀戒以遗季常。季常自尔不复杀,而岐亭之人多化之,有不食肉者。其后数往见之,往必作诗,诗必以前韵。凡余在黄四年,三往见季常,季常七来见余,盖相从百余日也。七年四月,余量移汝州③,自江淮徂洛,送者皆止慈湖④,而季常独至九江⑤。乃复用前韵,通为五首以赠之。

[解题]

元丰七年(1084)作于离黄州时。

[注释]

①劳:慰劳。

②不杀:不杀生。

③量移:官吏因罪远谪,遇恩赦迁往距京城较近的地区安置。汝州:今河南汝州。

④慈湖:即磁湖,在今湖北大冶。

⑤九江:今江西九江。

其一

昨日云阴重,东风融雪汁。远林草木暗,近舍烟火湿。下有隐君子,啸歌方自得。知我犯寒来,呼酒意颇急。拊掌①动邻里,绕村捉鹅鸭。房栊锵器声,蔬果照巾幂②。久闻蒌蒿美,初见新芽赤。洗盏酌鹅黄③,磨刀削熊白④。须臾我径醉,坐睡落巾帻⑤。醒时夜向阑,唧唧铜瓶泣⑥。黄州岂云远,但恐朋友缺。我当安所主,君亦无此客。朝来静庵⑦中,惟见峰峦集。

[解题]

元丰三年(1080)作于初到黄州时。

[注释]

①拊掌:拍手,表示高兴的样子。

②"房栊"两句:从窗户传来厨房里锅碗瓢盆的声音,餐巾下是清洗得光洁耀眼的蔬果。栊:窗棂。幂:巾。

③鹅黄:酒名。

④熊白:熊背上的脂肪,这里代指美味。

⑤巾帻(zé):头巾。

⑥"唧唧"句:形容铜瓶烹茶发出轻微的声响。

⑦静庵:陈慥的住所。

其二

我哀篮中蛤,闭口护残汁。又哀网中鱼,开口吐微湿①。刳肠彼交病,过分我何得②。相逢未寒温③,相劝此最急。不见卢怀慎,蒸壶似蒸鸭。坐客皆忍笑,髡然发其幂④。不见王武子,每食刀几赤。琉璃载蒸豚,中有人乳白⑤。卢公信寒陋,衰发得满帻。武子虽豪华,未死神已泣。先生万金璧,护此一蚁缺⑥。一年如一梦,百岁真过客。君无废此篇,严诗编杜集⑦。

[解题]

元丰四年（1081）正月二十二日再到岐亭，作此诗。

[注释]

①苏轼《书南史卢度传》："予少不喜杀生，时未能断也。近来始能不杀猪羊，然性嗜蟹蛤，故不免杀。自去年得罪下狱，始意不免，既而得脱，遂自此不复杀一物。有见饷蟹蛤者，皆放之江中。"

②刳（kū）肠：剖肠。交病：俱病。过分：享受太过。

③寒温：寒暄。

④卢怀慎：唐代宰相，《旧唐书·卢怀慎传》记载："怀慎清俭不营产，服器无金玉绮文之饰……日晏设食，蒸豆两器，菜数杯而已。"又，《卢氏杂说》记载，唐代宰相郑余庆为人清廉俭朴，品德高尚。一天忽然宴请亲近的官员，大家都很吃惊，早早赶来，等到红日高照，郑余庆才出来见客，并对仆人道："告诉厨师，要蒸烂去毛，别把脖子折断了。"客人都认为是清蒸鹅鸭之类，结果却是清蒸葫芦。烝：蒸。髡然：形容蒸葫芦光溜溜的样子。

⑤王武子：晋武帝驸马，以豪奢著称。《世说新语》记载，他曾用人乳蒸小猪，盛在琉璃盘上。刀几赤：形容多杀生。

⑥蚁缺：蚁鼻之缺，微小的瑕疵，指陈慥杀生。

⑦杜甫诗集中附载了严武的几首诗。苏轼用这个典故表示，自己这首诗可以附录在陈慥的诗集中，希望他能记住。

其三

君家蜂作窠，岁岁添漆汁①。我身牛穿鼻②，卷舌聊自湿。二年三过君，此行真得得③。爱君似剧孟④，扣门知缓急。家有红颊儿,能唱《绿头鸭》。行当隔帘见,花雾轻幂幂[5]。为我取黄封,亲拆官泥赤[6]。仍须烦素手,自点叶家白[7]。乐哉无一事,十年不蓄愤。闭门弄添丁[8],哇笑杂呱泣。西方正苦战[9],谁补将帅缺。披图见八阵,合散更主客[10]。不须亲戎行,坐论教君集[11]。

[解题]

元丰四年(1081)十二月二日第三次到岐亭,作此诗。

[注释]

①这两句的大意是,比喻陈慥家屋子小,但人口增加了。漆汁:指连接蜂巢与树干的部位,像漆汁一样结实。

②《庄子·秋水》:"牛马四足,是谓天。落马首,穿牛鼻,是谓人。"苏轼化用这个典故,表示自己身心不自由。

③得得:任情自得的样子。

④剧孟:西汉著名游侠。苏轼称赞陈慥和剧孟一样乐于行侠仗义,为人排忧解难。

⑤红颊儿:颜色姣好的女子。《绿头鸭》:乐曲名。幂幂:笼罩、覆盖的样子。这几句是说陈慥家有美貌的歌姬。

⑥黄封:酒名。宋代官廷酿造的酒用黄罗帕或黄纸封口,称为黄封。官泥:官府的印泥,用于封箴,泥上盖印。

⑦叶家白:建溪名茶。

⑧添丁:中唐诗人卢仝的儿子名添丁,其《寄男抱孙》诗:"莫恼添丁郎,泪子作面垢。"这里以添丁指陈慥的儿子。

⑨元丰四年(1081),宋朝与西夏发生边境冲突。

⑩八阵:古代的八种兵阵。合散:聚合分散。更主客:互为攻

守之势。

⑪戎行（háng）：军队，行伍，军旅之事。坐论：这里指坐而论兵。君集：唐代名将侯君集。唐太宗曾命李靖教侯君集兵法。这里是苏轼自指，以李靖比陈慥。

其四

酸酒如虀①汤，甜酒如蜜汁。三年黄州城，饮酒但饮湿②。我如更拣择，一醉岂易得。几思压茅柴③，禁网日夜急。西邻椎瓮盎④，醉倒猪与鸭。君家大如掌，破屋无遮幂。何从得此酒，冷面妒君赤⑤。定应好事人⑥，千石供李白。为君三日醉，蓬发不暇帻。夜深欲逾垣，卧想春瓮泣⑦。君奴亦笑我，龃齿行秃缺。三年已四至，岁岁遭恶客⑧。人生几两屐⑨，莫厌频来集。

[解题]

约作于元丰五年（1082）秋冬。

[注释]

①虀（jī）：咸菜，酱菜。

②饮湿：饮水。

③茅柴：指乡村酿造的薄酒。

④椎瓮盎：敲碎酒缸。指官府查禁民间私自酿制的酒。

⑤化用俗语："无钱吃酒，妒人面赤。"

⑥好事人：热心人。

⑦《晋书》记载，毕卓嗜酒，闻到邻居家自酿的美酒飘香，遂深夜乘醉翻墙取酒，被管酒的人抓住绑起来，天亮发现是毕卓，才赶

· 239 ·

紧解开绳索,"卓遂引主人宴于瓮侧,致醉而去"。春瓮泣:米酒发酵时发出的声响。这两句以戏谑笔法写自己对美酒的渴望。

⑧恶客:作者戏称。

⑨人生几两屐:意谓人生苦短。《世说新语》记载,阮孚喜欢收集鞋子,有人见他每天亲自打理鞋子,感叹道:"未知一生当着几量屐!"几量、几两:几双。

其五

枯松强钻膏,槁竹欲沥汁①。两穷相值遇,相哀莫相湿②。不知我与君,交游竟何得。心法幸相语,头然未为急③。愿为穿云鹘,莫作将雏鸭。我行及初夏,煮酒映疏幕。故乡在何许,西望千山赤。兹游定安归,东泛万顷白。一欢宁复再,起舞花堕帻。将行出苦语,不用儿女泣。吾非固多矣,君岂无一缺。各念别时言,闭户谢众客。空堂净扫地,虚白道所集④。

[解题]

元丰七年(1084)四月作于九江。

[注释]

①松柏生时有膏脂,枯则无;鲜竹有汁液,枯则无。这两句比喻自己和陈慥同样老迈贫穷,如枯松槁竹。沥:液体一滴滴落下。

②《庄子·大宗师》中记载:"泉涸,鱼相与处于陆,相响以湿,相濡以沫。"这两句是说,自己和陈慥互相怜惜,但没有能力互相帮助。

③心法:佛教用语,指经典以外传授之法,以心相印证。头然:

头燃。《梵网经序》:"当求精进,如救头然。但念无常,慎勿放逸。"这两句的意思是,他俩相互交流修习佛法的心得,一定能精进向上。

④《庄子·人间世》:"虚室生白,吉祥止止。""唯道集虚。"虚室:清净的心境。这里化用《庄子》语句,以心清无欲互相勉励。

陈季常自岐亭见访,郡中及旧州诸豪争欲邀致之,戏作陈孟公诗一首

孟公好饮宁论斗,醉后关门防客走[①]。不妨闲过左阿君[②],百谪终为贤太守。老居闾里自浮沉,笑问伯松何苦心[③]。忽然载酒从陋巷,为爱扬雄作酒箴[④]。长安富儿求一过,千金寿君君笑唾。汝家安得客孟公,从来只识陈惊坐[⑤]。

[解题]

元丰三年(1080)作于黄州。

[注释]

①孟公:陈遵,字孟公,西汉人。才干出众,为人放荡不羁,班固《汉书》将其列入《游侠传》。本篇以陈遵比陈季常。"醉后"句:《汉书》记载,陈遵嗜酒,"每大饮,宾客满堂,辄关门,取客车辖投井中,虽有急,终不得去"。

②左阿君:长安富豪遗孀左氏。据《汉书》记载,陈遵赴河南郡太守任途中,与其弟陈级曾在左氏家饮酒作乐,遭御史弹劾而罢官。

③陈遵曾对好友张竦(字伯松)说:"足下讽诵经书,苦身自约,不敢差跌;而我放意自恣,浮沉俗间,官爵功名,不减于子,而

差独乐,顾不优邪?"(《汉书》)

④扬雄:西汉文学家,淡泊清贫,僻居陋巷,苏轼引以自比。《汉书》记载,扬雄曾作《酒箴》讽谏汉成帝,其中有云:"酒何过乎?"陈遵读之大喜。

⑤《汉书》记载,陈遵深受王侯贵戚、郡国豪杰欢迎,当时有个跟陈遵同姓同字的列侯,每次去拜访人家,门人通报"陈孟公来访",所有人都以为是陈遵,纷纷迎出,结果发现不是,于是大家便给这位陈孟公取了个外号叫"陈惊坐"。

陈季常见过三首(其二)

送君四十里,只使一帆风。江边千树柳,落我酒杯中。此行非远别,此乐固无穷。但愿长如此,来往一生同。

[解题]

元丰四年(1081)作于黄州。

寄吴德仁兼简陈季常

东坡先生无一钱,十年家火烧凡铅①。黄金可成河可塞,只有霜鬓无由玄②。龙丘居士亦可怜,谈空说有夜不眠。忽闻河东狮子吼,拄杖落手心茫然③。谁似濮阳公子④贤,饮酒食肉自得仙。平生寓物不留物⑤,在家学得忘家禅。门前罢亚⑥十顷田,清溪绕屋花连天。溪堂醉卧呼不醒,落花如雪春风颠⑦。我游兰溪访清泉,已办布袜青行缠。稽山不是无贺老,我自兴尽回酒船⑧。

恨君不识颜平原，恨我不识元鲁山⑨。铜驼陌上会相见，握手一笑三千年⑩。

[解题]

元丰八年（1085）四月作于从南都归常州路上。吴德仁，名瑛，字德仁，蕲春（今湖北浠水县）人。

[注释]

①道家养生修炼有外丹与内丹之分，其中外丹指用炉鼎烧炼铅、汞等矿石药物，以配制所谓长生不死的丹药，对矿石原料和烧制技术都有很高的要求；内丹则主要通过打坐、运气等方法修炼体内的精气神。苏轼主要修习的是内丹之术，"十年家火烧凡铅"是比喻的说法，自嘲内丹之术学习不精，本身资质又很平凡，所以修炼效果不佳。

②汉武帝一心想求长生不老之药，《史记·孝武本纪》记载，有方士说："黄金可成，而河决可塞，不死之药可得，仙人可致也。"苏轼反用这个典故，表示即便黄金可成，河决可塞，但人的衰老与死亡是无法改变的事实。

③龙丘居士：指陈季常。谈空说有：指陈季常潜心于佛学。佛教认为，世间一切既非实有，也非虚无，不执着于空和有才是真谛。狮子吼：佛教用语，比喻佛菩萨说法时震慑一切外道邪说的神威。"河东狮子吼"：历来有两种解释。其一，陈季常的妻子柳氏笃好佛学，故借用佛典以戏谑笔法写季常夫妇切磋佛法，夫人的见解超胜，季常瞠乎其后。其二，南宋洪迈《容斋随笔》说：陈季常"好宾客，喜畜声妓，然其妻柳氏绝凶妒……河东狮子，指柳氏也"。南宋王十朋《东坡诗集注》也说："季常之妻柳氏最悍妒，每季常设客有声妓，柳

氏则以杖击照壁大呼，客至为散去。"第二种说法在后世影响巨大，以至于产生了成语"河东狮吼"，话本、小说、戏剧也多演绎这一故事。但是，如果回到苏轼诗歌原文来看，这种说法与诗歌语境并不相合。而且，张耒《吴大夫墓志铭》说，吴德仁"不喜闻人过"，苏轼与吴德仁此前素不相识，第一次寄诗不至于就拿季常惧内一事开玩笑。

④濮阳公子：指吴德仁。吴姓先世居濮阳。

⑤苏轼《宝绘堂记》："君子可以寓意于物，而不可以留意于物。寓意于物，虽微物足以为乐，虽尤物不足以为病；留意于物，虽微物足以为病，虽尤物不足以为乐。"寓意于物：对外物的关注、欣赏。留意于物：对外物的拥有、执着。

⑥罢亚：形容禾稻在风中摇动。

⑦张耒《吴大夫墓志铭》：（德仁）"既谢仕，归蕲春，有薄田仅给伏腊。公临溪筑室，种花酿酒，家事付子弟，一不问。宾客有至者，不问贤愚贵贱，与之饮酒，必尽醉。公或醉卧花间，客去亦不问也。客有臧否人物，公不酬一语，促左右行酒，客不得卒语。人皆爱其乐易而敬其高，凡见公者，皆欣然忘其鄙。"

⑧"我游兰溪"以下四句，是说苏轼曾去蕲春清泉寺、兰溪游玩，但那次没有拜访吴德仁。行缠：绑腿。稽山：会稽山。贺老：唐代诗人贺知章。李白《忆贺监》："稽山无贺老，却棹酒船回。"苏轼反用李白诗意。

⑨颜平原：唐代名臣颜真卿，曾任平原太守，安禄山反，河朔尽陷，独平原城守具备。玄宗大喜，说："朕不识真卿何如人，所为乃若此！"（《新唐书·颜真卿传》）颜真卿留心仙道，深研佛理，苏轼以之比陈季常。元鲁山：唐代元德秀，字紫芝，曾任鲁山县令，后辞官归隐，以清高著称当时。《新唐书·元德秀传》记载，唐代诗人

苏源明常说："吾不幸生衰俗,所不耻者识元紫芝也。"苏轼以元德秀比德仁。苏轼居黄州时与吴德仁不相识,德仁也与陈季常不相识。

⑩铜驼:铜铸的骆驼。陆机《洛阳记》:"汉铸铜驼二枚,在宫之南四会道,夹路相对。俗语曰:'金马门外聚群贤,铜驼陌上集少年。'言人物之盛也。"铜驼是西汉繁盛的代表,至东汉时,铜驼遗落在荒野之中,有人看到奇人蓟子训与一老翁一边抚摩着铜驼,一边相互感叹道:"适见铸此,而已近五百岁矣!"(《后汉书·蓟子训传》)苏轼借用这两个典故,表示世界处于不断变化之中,与吴德仁将来终有相见的一天。

与陈季常十六首(其五,节选)

比日①起居佳否?何日决可一游郡城②?企望日深矣。临皋③虽有一室,可憩从者④,但西日可畏。承天⑤极相近,或门前一大舸亦可居,到后相度⑥。

[解题]

元丰三年(1080)作于黄州。陈慥,字季常,凤翔知府陈希亮(字公弼)之子。嘉祐八年(1063)苏轼任凤翔府(今陕西凤翔)签判时与他定交。

[注释]

①比日:近日,近来。
②郡城:黄州州府所在地黄冈县。陈慥在麻城县岐亭镇。
③临皋:临皋亭,苏轼在黄州的居所,原为官府驿站。

· 245 ·

④从者：随从人员。信札中常用来称呼对方，表示尊敬。
⑤承天：承天寺。
⑥相度：观察估量，考虑。

与陈季常十六首（其六，节选）

季常未尝为王公①屈，今乃特欲为我入州，州中士大夫闻之耸然，使不肖②增重矣。不知果能命驾③否？春瓮但不惜，不须更为遗恨也④。

[解题]
元丰三年（1080）作于黄州。

[注释]
①王公：泛指达官贵人。
②不肖：自谦之词。
③命驾：动身，出发。
④"春瓮"两句：我不吝惜好酒，你一定要来，千万不要留下遗憾。春瓮：酒。

临江仙

龙邱子①自洛之蜀，载二侍女，戎装骏马，至溪山佳处，辄留数日，见者以为异人。其后十年，筑室黄冈之北，号曰静安居士，作此词赠之。

细马远驮双侍女，青巾玉带红靴。溪山好处便为家。谁知巴峡路，却见洛城花。　　面旋②落英飞玉蕊，人间春日初斜。十年不见紫云车③。龙丘新洞府，铅鼎养丹砂④。

[注释]

　　①龙邱子：陈慥自号。

　　②面旋：盘旋飞舞的样子。

　　③紫云车：神话传说中西王母所乘之车，出自晋代张华《博物志》："汉武帝好仙道，祭祀名山大泽，以求神仙之道。时西王母遣使乘白鹿，告帝当来，乃供帐九华殿以待之。七月七日夜漏七刻，王母乘紫云车而至于殿西。"这里以紫云车代指陈慥，意指其仙风道骨。

　　④铅鼎：炼丹炉。铅为道家炼丹的主要原料，故名。亦借指道家修炼之事。丹砂：指炼成的丹药。

名医庞安常

[故事原文]

定风波

　　三月七日，沙湖道中遇雨，雨具先去，同行皆狼狈，余独不觉。

已而遂晴,故作此。

莫听穿林打叶声,何妨吟啸①且徐行。竹杖芒鞋②轻胜马,谁怕?一蓑烟雨③任平生。　料峭④春风吹酒醒,微冷,山头斜照却相迎。回首向来萧瑟处⑤,归去,也无风雨也无晴。

[**注释**]

①吟啸:高声吟唱。

②芒鞋:草鞋。

③蓑(suō):蓑衣,用草或棕等编成的雨衣。这里做量词用,但比一般量词含义更丰富,是一种艺术化、审美化的用法。"一蓑烟雨"即"一场雨",描写隐士、渔翁生活的古代诗词中经常使用。

④料峭:略带寒意。

⑤萧瑟处:指遇雨的地方。萧瑟:风雨声。

书清泉寺词

黄州东南三十里,为沙湖,亦曰螺师店。余将买田其间,因往相①田。得疾,闻麻桥人庞安时善医而聋,遂往求疗。安常虽聋,而颖悟过人,以指画字,不尽数字,辄了人深意。余戏之云:"余以手为口,君以眼为耳。皆一时异人也。"疾愈,与之同游清泉寺。寺在蕲水郭门②外二里许。有王逸少③洗笔泉,水极甘,下临兰溪,溪水西流。余作歌云:"山下兰芽短浸溪,松间沙路净无泥,萧萧暮雨子规④啼。谁道人生难再少?君看流水尚能西,休将白发唱黄鸡。"是日,极饮而归。

[注释]

①相（xiāng）：亲自去看。

②蕲水：县名，今湖北浠水县。郭门：古代的城池通常有两道墙，外墙称为郭，郭门指外面城墙的城门。

③王逸少：东晋著名书法家王羲之，字逸少。

④子规：杜鹃鸟，叫声凄婉，传说是古代蜀国国君杜宇死后灵魂所化，所以又称杜宇。古代诗词中常用来渲染悲凉的气氛。

西江月

顷①在黄州，春夜行蕲水中，过酒家，饮酒醉。乘月至一溪桥上，解鞍，曲肱②醉卧少休。及觉已晓，乱山攒拥③，流水锵然，疑非尘世也。书此语桥柱上。

照野弥弥④浅浪，横空隐隐层霄⑤。障泥未解玉骢骄⑥，我欲醉眠芳草。　可惜⑦一溪风月，莫教踏碎琼瑶。解鞍欹枕⑧绿杨桥，杜宇一声春晓。

[注释]

①顷：近来，最近。

②曲肱（gōng）：弯着胳膊做枕头。

③攒拥：簇拥。

④弥弥（mǐmǐ）：水波翻动的样子。

⑤层霄：云气。

⑥障泥：马鞯，用布或锦缎做成，垂在马腹两侧，用于遮挡尘

土。玉骢（cōng）：玉花骢，泛指骏马。

⑦可惜：可爱。

⑧攲（qī）枕：斜靠。

与陈季常十六首（其三，节选）

近因往螺师店看田，既至境上①，潘尉与庞医来相会。因视臂肿，云非风气，乃药石毒也②。非针去之，恐作疮乃已。遂相率往麻桥庞家，住数日，针疗。寻如其言，得愈矣。……所看田乃不甚佳，且罢之。蕲水溪山，乃尔秀邃耶？庞医熟接之，乃奇士。

[注释]

①境上：沙湖镇（又名螺师店）是黄州黄冈县与鄂州武昌县、蕲州蕲水县的交界处，故称。

②"云非"两句：庞医生说这不是风气病，而是因以往所服药物的毒副作用引起。

与胡道师四首（其一）

庞安常为医，不志于利，得法书古画，辄喜不自胜。九江胡道士，颇得其术，与余用药，无以酬之，为作行草数纸而已。且告之曰："此安常故事①，不可废也。"参寥子②病，求医于胡，自度无钱，且不善书画，求余甚急。予戏之曰："子粲、可、皎、彻之徒③，何不与下转语④作两首诗乎？"庞二安常与吾辈游，不日索我于枯鱼之肆矣⑤。

[注释]

①故事：惯例。

②参寥子：诗僧，苏轼的好友。本名昙潜，苏轼为其改名为道潜。

③粲：僧粲，隋代高僧，善于辩难。可：无可，唐代诗僧。皎：皎然，唐代诗僧，著有诗论著作《诗式》。彻：灵澈，唐代诗僧。

④转语：佛教用语，指禅宗的机锋话语。

⑤"索我于枯鱼之肆"：出自《庄子·外物》，意谓陷入绝境。枯鱼：干鱼。肆：店铺。庞、胡给苏轼、参寥子等人治病不收钱，苏轼使用这一典故以戏谑的语气说：交了我们这样一群穷朋友，庞、胡两位医生用不了多久也会陷入经济窘迫的境况。

范景仁力劝仁宗立皇储

[故事原文]

范景仁墓志铭（节选）

擢起居舍人，知谏院①……仁宗即位三十五年，未有继嗣。嘉祐初得疾，中外②危恐，不知所为。公独奋曰："天下事尚有大于此者乎？"即上疏曰："太祖舍其子而立太宗，此天下之大公也。周王③既薨，真宗取宗室子养之宫中，此天下之大虑也。愿陛下以太祖之心行真宗故事，择宗室贤者，异其礼物，而试之政事，以系天下心。"章累上，不报。因阁门请罪④。

会有星变，其占为急兵⑤。公言："国本未立，若变起仓卒⑥，祸不可以前料，兵孰急于此者乎？今陛下得臣疏，不以留中而付中书⑦，是欲使大臣奉行也。臣两至中书，大臣皆设辞⑧以拒臣，是陛下欲为宗庙社稷计，而大臣不欲也。臣窃原其意，特恐行之而陛下中变⑨耳。中变之祸不过于死，而国本不立，万一有如天象所告急兵之忧，则其祸岂独一死而已哉！夫中变之祸，死而无愧，急兵之忧，死且有罪，愿以此示大臣，使自择而审处焉。"闻者为之股栗⑩。

除兼侍御史知杂事⑪。公以言不从，固辞不受。执政⑫谓公，上之不豫⑬，大臣尝建此策矣，今间言⑭已入，为之甚难。公复移书执政曰："事当论其是非，不当问其难易。速则济，缓则不及，此圣贤所以贵机会也。诸公言今日难于前日，安知他日不难于今日乎？"凡见上，面陈者三。公泣上亦泣，曰："朕知卿忠，卿言是也。当更俟三二年。"凡章十九上，待罪⑮百余日，须发为白，朝廷不能夺。

乃罢知谏院，改集贤殿修撰，判流内铨，修起居注，除知制诰。公虽罢言职，而无岁不言储嗣事。以仁宗春秋益高，每因事及之，冀以感动上心。及为知制诰，正谢上殿，面论之曰："陛下许臣今复三年矣，愿早定大计。"明年，又因祫享⑯献赋以讽。其后韩琦⑰卒，定策立英宗。

[解题]

范镇，字景仁，宋成都华阳（今四川成都）人。北宋名臣，官至翰林学士、翰林侍读学士、端明殿学士，封蜀郡公。

[注释]

①宋代官制，分阶官（寄禄官）和职事官。起居舍人是寄禄官，代表级别。知谏院是职事官，代表职责。谏院与御史官，合称"台谏"，负责指陈朝政缺失。知谏院，是谏院长官。

②中外：皇帝居住的内宫与处理政务的中央机构。

③周王：宋真宗次子赵祐，九岁而卒，追封周王。

④阁门请罪：宋代惯例，官员若自认为失职，则会自动居家，请求朝廷罢职。

⑤星变：星象的异常变化，古人认为将有凶灾。急：紧急严重的。兵：伤害。

⑥仓卒：同"仓促"。

⑦留中：皇帝把臣下的奏章留在宫禁中，不交议也不批答。中书：政事堂，宰相办公之处。

⑧设辞：托词。

⑨中变：中途发生变故。

⑩股栗：大腿发抖，形容恐惧之至。

⑪侍御史知杂事：御史台官员，辅助御史中丞处理御史台事务。

⑫执政：宋代宰相、副宰相、枢密使、枢密副使，均称执政。

⑬不豫：天子及尊长者生病的讳称。

⑭间（jiàn）言：非议的言论，离间的言论。

⑮待罪：阁门请罪。自动停止履职，等待处分。

· 253 ·

⑯祫（xiá）享：古代天子诸侯所举行的集合远近祖先神主于太祖庙的大合祭。

⑰韩琦：字稚圭，封魏国公，北宋名相。

孟仰之仗义敢言

[故事原文]

孟仰之

余谪居黄州，州通判承议郎孟震字仰之，颇与余相善。光州①太守曹九章以书遗予云："朝中士大夫谓之孟君子。"予徐察之，真不忝②此名也。震，郓③人，及进士第，无他才能。然方京东狂人孔直温以谋反下狱，事连石介守道之子④，一旦捕去，且四出捕人不已。震与守道虽故素，不识韩魏公⑤，以书抵公，具言直温狂人无能为，而守道以直道死，其故家流风，决非与狂人通谋者。魏公感叹，即为上疏如震言。以故直温狱不深究，人皆庆，其所全活甚众。震厅宇中，有一泉甚清，大旱不竭。余因名之君子泉，而子由为之记。元丰六年⑥十一月七日记。

[注释]

①光州：治所在今河南潢川县。

②忝（tiǎn）：辱。

③郓（yùn）：郓州东平郡（后改东平府），今山东东平县。

④京东：京东路，今山东、江苏北部地区。孔直温谋反一事，记载于《续资治通鉴长编》卷一五七。石介，字守道，天圣八年（1030）进士，宋代思想家、教育家。

⑤韩魏公：韩琦。

⑥元丰六年：1083年。

李公择分桃

[故事原文]

记公择天柱分桃

李公择与客游天柱寺还，过司命①祠下，道傍见一桃，烂熟可爱，当往来之冲，而不为人之所得。疑其为真灵之瑞，分食之则不足，众以与公择，公择不可。时苏、徐二客皆有老母七十余，公择使二客分之，归遗其母，人人满意，过于食桃。此事不可不识②也。

[解题]

李常，字公择，南康建昌（今江西永修）人，北宋名臣，苏轼的挚友。天柱,当指天柱山上的天柱寺。天柱山,在今安徽安庆境内。李常元丰年间任淮南西路提点刑狱,治所在舒州(今安徽安庆),故事当发生在这个时期。

[注释]

①司命:神话传说中掌管人的生命的神灵。
②识(zhì):记录。

病也怕狠人

[故事原文]

跋南唐挑耳图

王晋卿①尝暴得耳聋,意不能堪,求方于仆②。仆答之云:"君是将种③,断头穴胸,当无所惜,两耳堪作底用,割舍不得?限三日疾去,不去,割取我耳。"晋卿洒然而悟。三日,病良已,以颂④示仆云:"老坡心急频相劝,性难只得三日限。我耳已效君不割,且喜两家都平善。"今见定国⑤所藏《挑耳图》,云得之晋卿,聊识此事。元祐六年八月二日,轼书。

[解题]

　　元祐年间作于汴京。《挑耳图》：五代时南唐画家王齐翰所作。据记载，画中屏风上的山水学习王维的风格，人物衣纹则宛然吴道子的笔法。

[注释]

　　①王晋卿：王诜，字晋卿，北宋画家、诗人，娶宋英宗之女蜀国大长公主为妻。与苏轼交往密切，元丰二年（1079）因"乌台诗案"牵连，贬官均州（今湖北丹江口）。

　　②苏轼爱好医药，喜欢收集各种秘方，所以王诜突发耳聋，求助于苏轼。

　　③将种：王诜是开国功臣王全斌的后裔，故称。

　　④颂：文体之一，指以颂扬为目的的诗文。

　　⑤定国：王巩，字定国，北宋诗人、画家。名相王旦之孙。与苏轼交往密切，元丰二年（1079）因"乌台诗案"牵连，贬官宾州（今广西宾阳）。

人物杂记

见微知著的曹玮

[故事原文]

曹玮知人料事

天圣①中,曹玮以节镇定州②。王鬷③为三司副使,疏决河北囚徒④。至定州,玮谓鬷曰:"君相甚贵,当为枢密使。然吾昔为秦州⑤,时闻德明⑥岁使人以羊马贸易于边,课所获多少为赏罚。时将以此杀人。其子元昊年十三,谏曰:'吾本以羊马为国,今反以资中原,所得皆茶彩轻浮之物,适足以骄惰吾民。今又欲以此杀人,茶彩日增,羊马日减,吾国其削乎?'乃止不戮。吾闻而异之,使人图其形,信奇伟。若德明死,此子必为中国患,其当君之为枢府之时乎?盍自今学兵讲边事!"鬷虽受教,盖亦未必信也。其后鬷与张观、陈执中在枢密府⑦,元昊反⑧,杨义上书论土兵⑨事,上问三人,皆不知,遂皆罢去。鬷之孙为黄门婿⑩,故知之。

[解题]

曹玮,字宝臣,北宋名将,开国功臣曹彬之子。

[注释]

①天圣：宋仁宗年号，1023—1032年。

②曹玮天圣七年（1029）任彰武军节度使、真定府路总管。定州即真定府，今河北定州。

③王鬷（zōng）：字总之，北宋大臣，官至参知政事（副宰相）、知枢密院事（最高军事机构长官）。

④疏决：清理判决。河北：河北路，宋代行政区名称。宋朝行政区划，实行州、县二级制，同时在地方设置路，路是直辖于中央并高于府、州、军、监的一级监察区。

⑤秦州：今甘肃天水。

⑥德明：西夏首领。

⑦枢密府：枢密院。

⑧元昊反：德明死后，其子元昊继位，康定元年（1040）率军攻打延州（今陕西延安），宋夏战争爆发。

⑨土兵：指正规军之外的边地民兵。

⑩苏辙的女婿王适，字子立，王鬷之孙。

武襄公狄青

[故事原文]

书狄武襄事

狄武襄公者，本农家子。年十六时，其兄素，与里人失其姓名号铁罗汉者，斗于水滨，至溺杀之。保伍①方缚素，公适饷田②，见之，曰："杀罗汉者，我也。"人皆释素而缚公。公曰："我不逃死。然待我救罗汉，庶几复活。若决死者，缚我未晚也。"众从之。公默祝曰："我若贵，罗汉当苏。"乃举其尸，出水数斗而活。其后人无知者。公薨，其子谘、咏护丧归葬西河，父老为言此。元祐元年③十二月五日，与咏同馆北客④，夜话及之。眉山苏轼记。

[解题]

狄青，字汉臣，北宋名将，谥号"武襄"。

[注释]

①保伍：古代将百姓按五家一伍的方式结成自治组织，自行处理各种问题。后来泛指基层户籍编制。这里指保长。

②饷（xiǎng）田：送饭食到田间。

③元祐元年：1086年。

④馆：一个国家在另一国家办理外交的人员常驻的处所。这里做动词，意思是接待、招待。北客：契丹国的外交使节。

万里传书的卓契顺

[故事原文]

书归去来词赠契顺

余谪居惠州，子由在高安①，各以一子自随。余分寓许昌、宜兴②，岭海隔绝。诸子不闻余耗③，忧愁无聊④。苏州定慧院学佛者卓契顺谓迈曰："子何忧之甚，惠州不在天上，行即到耳，当为子将书问之。"绍圣三年⑤三月二日，契顺涉江度岭，徒行露宿，僵仆瘴雾⑥，蠒面茧足⑦以至惠州。得书径还。余问其所求。答曰："契顺惟无所求，而后来惠州。若有所求，当走都下矣。"苦问不已，乃曰："昔蔡明远鄱阳一校耳，颜鲁公绝粮江淮之间，明远载米以周之。鲁公怜其意，遗以尺书，天下至今知有明远也⑧。今契顺虽无米与公，然区区万里之勤，傥可以援明远例，得数字乎？"余欣然许之，独愧名节之重，字画之好，不逮鲁公。故为书渊明《归去来词》以遗之，庶几契顺托此文以不朽也。

[注释]

①高安：宋筠州，今江西高安。

②其余家人分别寓居许昌、宜兴两地。许昌：宋颍昌府，今河南许昌。宜兴：今江苏宜兴。

③耗：消息。

④无聊：无可奈何。

⑤绍圣三年：1096年。

⑥僵仆：倒下。瘴雾：瘴气，指南方湿热天气下，草木动物腐烂后产生的有毒气体。

⑦黧面：污黑的脸。茧足：脚底皮肤因过度摩擦而生出厚皮。

⑧颜鲁公：唐代名臣、著名书法家颜真卿。《蔡明远帖》（或称《与蔡明远书》）是颜真卿存世的书法作品，作于759年。

与陈季常十六首（其十六，节选）

自当涂闻命①，便遣骨肉还阳羡②，独与幼子过及老云并二老婢共吾过岭③。到惠将半年，风土食物不恶，吏民相待甚厚。孔子云："虽蛮貊之邦行矣。"④岂欺我哉！

[解题]

绍圣二年（1095）作于惠州。

[注释]

①绍圣元年（1094）四月，苏轼被削除端明殿大学士、翰林侍读学士之职，由定州（今属河北）知州，移任英州（今广东英德）知州，抵达当涂（今安徽当涂县），又接到贬谪惠州的诏令。

②阳羡：宜兴古称，今江苏宜兴。

③老云：苏轼侍妾王朝云。过岭：过大庾岭。

④出自《论语·卫灵公》："子曰：言忠信，行笃敬，虽蛮貊之邦行矣；言不忠信，行不笃敬，虽州里行乎哉？"蛮貊（mò）之邦：古代中原地区称南方和北方落后部族。

杭妓周韶

[故事原文]

书周韶

杭州营籍①周韶,多蓄奇茗。尝与君谟斗②,胜之。韶又知作诗。子容③过杭,述古饮之④,韶泣求落籍⑤。子容曰:"可作一绝。"韶援笔立成,曰:陇上巢空岁月惊,忍看回首自梳翎。开笼若放雪衣女,长念《观音般若经》。韶时有服⑥,衣白,一座嗟叹。遂落籍,同辈皆有诗送之。二人者最善。胡楚云:淡妆轻素鹤翎红,移入朱栏便不同。应笑西园桃与李,强匀颜色待秋风。龙靓云:桃花流水本无尘,一落人间几度春。解佩暂酬交甫意⑦,濯缨还作武陵人⑧。固知杭人多慧也。

[注释]

①营籍:隶属于官府乐籍的歌舞艺人。

②君谟:蔡襄,字君谟,北宋名臣,官至端明殿学士。著名书法家,长于茶道,著有《茶录》。斗:斗茶。比赛茶的优劣。

③子容:苏颂,字子容,宋代宰相。

④述古:陈襄,字述古。饮之:设宴招待他。

⑤落籍:脱离官府乐籍。

⑥有服:居丧,处在直系尊亲的丧期中。

⑦交甫:即郑交甫。相传他曾于汉皋台下遇到两位神女,神女

解下身上的佩饰相赠。交甫走了几步路，佩饰不见了，回头一看，神女也不见了。

⑧濯缨：洗涤帽缨。出自《孟子·离娄上》："沧浪之水清兮，可以濯我缨。"武陵人：陶渊明《桃花源记》中偶入桃花源的渔人。这里指远离红尘的人。

张士逊诬陷孔道辅

[故事原文]

张士逊中孔道辅

孔道辅为御史中丞，勘冯士元事①，尽法不阿。仁宗称之，有意大用②。时大臣与士元通奸利，最甚者宰相程琳③。道辅既得其情④矣，而退傅⑤张士逊不喜道辅，欲有以中之。上使道辅送札子中书，士逊屏人与语久，时台官纳札子，犹得于宰相公厅后也。因言公将大用。道辅喜。士逊云："公所以至此，谁之力也？非程公不致此。"道辅怅然，愧而德之。不数日上殿，遂力救琳。上大怒，既贬琳，亦黜道辅兖州⑥。道辅知为士逊所卖，感愤得疾，死中路。元祐三年⑦五月三日，闻之苏子容。

[解题]

张士逊，字顺之，宋太宗淳化年间进士，官至同中书门下平章事（宰相）。中（zhòng）：中伤，陷害。孔道辅，字原鲁，宋真宗大中祥符九年（1016）进士。

[注释]

①御史中丞：御史台长官。勘：审问，审查。冯士元案：宝元二年（1039），开封府吏冯士元违法侵占他人财产并私藏禁书一案，牵涉众多高级官员及子弟。

②大用：重用，指晋升为宰辅。

③程琳：字天球，宋永宁军博野（今河北蠡县）人，真宗大中祥符四年（1011）中服勤辞学科。冯士元案发时程琳任参知政事（副宰相）。

④情：情况，实情。

⑤退傅：已经退休的太傅。冯士元案发时张士逊任宰相，康定元年（1040）退休。

⑥兖州：治所在今山东济宁市兖州区。

⑦元祐三年：1088年。

以杀人为乐的石普

[故事原文]

石普嗜杀

石普好杀人,以杀为娱,未尝知惭悔也。醉中缚一奴,使其指使①投之汴河,指使哀而纵之。既醒而悔,指使畏其暴,不敢以实告。久之,普病,见奴为祟②,自以为必死。指使呼奴示之,祟不复作,普亦愈。

[解题]

石普,北宋真宗朝名将。

[注释]

①指使:宋代将领属下供差遣的低级军官。
②为祟:闹鬼。祟:鬼怪。

书画琐记

传神记

[故事原文]

传神记

　　传神之难在目。顾虎头①云:"传形写影,都在阿堵②中。"其次在颧颊③。吾尝于灯下顾自见颊影,使人就壁模之,不作眉目,见者皆失笑,知其为吾也。目与颧颊似,余无不似者。眉与鼻口,可以增减取似也。传神与相④一道,欲得其人之天⑤,法当于众中阴察之。今乃使人具衣冠坐,注视一物,彼方敛容自持,岂复见其天乎!凡人意思⑥各有所在,或在眉目,或在鼻口。虎头云:"颊上加三毛,觉精采殊胜。"则此人意思盖在须颊间也。优孟学孙叔敖⑦抵掌谈笑,至使人谓死者复生。此岂举体皆似,亦得其意思所在而已。使画者悟此理,则人人可以为顾、陆⑧。

　　吾尝见僧惟真画曾鲁公⑨。初不甚似。一日,往见公,归而喜甚,曰:"吾得之矣。"乃于眉后加三纹,隐约可见,作俛首仰视眉扬而颊隐⑩者,遂大似。南都⑪程怀立,众称其能。于传吾神,大得其全。怀立举止如诸生⑫,萧然有意于笔墨之外者也⑬。

故以吾所闻助发⑭云。

[注释]

①顾虎头：东晋画家顾恺之小字虎头，故称。

②阿堵：晋代俗语，意为"这个"。

③颧颊（quánjiá）：颧骨与颊骨。借指人的面部轮廓。

④相：相面，看相。

⑤天：指人的天然神情、气概。

⑥意思：神情。

⑦优孟：春秋时期楚国宫廷艺人。孙叔敖：曾任楚国丞相。孙叔敖去世后，其子穷困潦倒，向优孟求助。优孟装扮成孙叔敖的样子见楚庄王，言谈举止，皆极为神似，激起庄王对孙叔敖的深切怀念，于是孙叔敖之子终于得到抚恤照顾。

⑧顾、陆：东晋画家顾恺之与南朝宋画家陆探微。

⑨曾鲁公：曾公亮，泉州晋江县（今福建省泉州市）人，天圣二年（1024）进士，官至宰相，封鲁国公。

⑩俯（fǔ）首：俯首，低头。頞蹙（è cù）：皱眉头。

⑪南都：应天府，今河南商丘。

⑫诸生：古代经考试录取而进入中央、府、州、县各级学校，包括太学学习的生员。古代画工是手艺人，与读书人不同。

⑬萧然：潇洒。有意于笔墨之外：不拘泥于技法与形似，而能进一步追求神似。

⑭助发：助益，启发。

画水记

[故事原文]

画水记

古今画水,多作平远①细皱,其善者不过能为波头起伏。使人至以手扪之,谓有洼隆②,以为至妙矣。然其品格,特与印板水纸③争工拙于毫厘间耳。唐广明④中,处士孙位⑤始出新意,画奔湍巨浪,与山石曲折,随物赋形⑥,画水之变,号称神逸。其后蜀人黄筌、孙知微⑦,皆得其笔法。始,知微欲于大慈寺寿宁院壁作湖滩水石四堵⑧,营度经岁⑨,终不肯下笔。一日,仓皇⑩入寺,索笔墨甚急,奋袂如风⑪,须臾而成。作输泻跳蹙⑫之势,汹汹欲崩屋也。知微既死,笔法中绝五十余年。近岁成都人蒲永升,嗜酒放浪,性与画会⑬,始作活水,得二孙本意。自黄居寀兄弟、李怀衮之流⑭,皆不及也。王公富人或以势力使之,永升辄嘻笑舍去。遇其欲画,不择贵贱,顷刻而成。尝与余临寿宁院水,作二十四幅,每夏日挂之高堂素壁,即阴风袭人,毛发为立。永升今老矣,画亦难得,而世之识真者亦少⑮。如往时董羽⑯,近日常州戚氏⑰画水,世或传宝之。如董、戚之流,可谓死水,未可与永升同年而语也。元丰三年⑱十二月十八日夜,黄州临皋亭西斋戏书。

[注释]

①平远：山水画的一种取景方法，自近山望远山，意境绵邈旷远。

②洼隆：凹凸。

③印板水纸：宋代的一种高级加工纸，纸上有无色的波浪纹，是用木板印制而成。

④广明：唐僖宗的年号，880—881年。

⑤处（chǔ）士：未做过官的读书人。孙位：唐代画家，善画人物、鬼神、松石、墨竹，尤以画水著名。

⑥随物赋形：针对客观事物本身的不同形态给予形象生动的描绘。

⑦黄筌：五代时期西蜀画家，善画花、竹、翎毛、佛道、人物和山水。孙知微：宋初著名画家，精通黄老之学，善于画佛道人物。

⑧堵：墙。

⑨营度：构思。经岁：一年或几年。

⑩仓皇：急急忙忙。

⑪奋袂（mèi）如风：衣袖挥动像狂风吹拂。袂：衣袖。

⑫输泻跳蹙（cù）：形容水势汹涌奔腾。蹙：急迫。

⑬性与画会：灵感与画笔融合在一起。

⑭黄居寀（cǎi）兄弟：黄筌之子居宝、居寀、居实，皆善画。李怀衮：蜀地画家，学黄筌一派画风。

⑮世之识真者亦少：世上能识鉴真正的好画者很少。

⑯董羽：画家，生活时期为五代南唐至宋初。

⑰戚氏：戚文秀，宋代画家，善画水。

⑱元丰三年：1080年。

戴嵩画牛

[故事原文]

书戴嵩画牛

蜀中有杜处士①,好书画,所宝以百数。有戴嵩《牛》一轴,尤所爱,锦囊玉轴②,常以自随。一日曝书画③,有一牧童见之,拊掌大笑,曰:"此画斗牛也。牛斗,力在角,尾搐入两股间④,今乃掉尾⑤而斗,谬矣。"处士笑而然之。古语有云:"耕当问奴,织当问婢。"不可改也。

[注释]

①处士:没有做官的读书人。

②锦囊玉轴:用玉轴装裱,用锦囊包裹,表明对书画作品特别珍爱。

③曝:晒。古代有每年七月七日晒书的习俗。

④搐(chù):缩。股:大腿。

⑤掉尾:摇尾。

神奇梦境

梦中作祭春牛文

[故事原文]

梦中作祭春牛文

元丰六年[①]十二月二十七日,天欲明,梦数吏人持纸一幅,其上题云:请《祭春牛文》。予取笔疾书其上,云:"三阳[②]既至,庶草将兴。爰[③]出土牛,以戒农事。衣被丹青之好,本出泥涂;成毁须臾之间,谁为喜愠[④]?"吏微笑曰:"此两句复当有怒者。"旁一吏云:"不妨,此是唤醒他。"

[解题]

祭春牛:中国古代以农立国,十分重视农耕。早在先秦时代即有于农历十二月用土做牛以彰农事的做法。至东汉,祭土牛更成为自朝廷到各州郡的一个重要仪式。据《后汉书》记载,立春日凌晨,京师百官身穿青色衣服,郡县官员以下则戴青色头巾,打着青色旗幡,将泥塑的耕牛和鞭牛人立于官府门外。如果十二月十五立春,则鞭牛人立于前;如果十二月三十或正月初一立春,则鞭牛人立于当中;如果正月十五立春,则鞭牛人立于后，以此提示天下百姓农耕之早晚。至唐宋时期，祭春牛从官方仪式进一步发展为风靡朝野的民俗娱乐活动，衍生出打春牛等丰富多彩的民间习俗。

[注释]

①元丰六年：1083年，当时苏轼谪居黄州。

②三阳：春天。

③爰：于是。

④"衣被丹青之好""成毁须臾之间"两句，唐代丘光庭的《兼明书》中有记载："今州县所造春牛，或赤，或青，或黄，或黑，又以杖扣之而便弃。"可知唐以后祭春牛时制作的土牛，都被涂成各种鲜艳的颜色，众人鞭打之后，便被丢弃。

梦回故居

[故事原文]

答任师中、家汉公（节选）

先君昔未仕，杜门皇祐初①。道德无贫贱，风采照乡闾。何尝疏小人，小人自阔疏②。出门无所诣，老史在郊墟③。门前万竿竹，堂上四库书。高树红消梨，小池白芙蕖④。常呼赤脚婢，雨中撷园蔬。

[解题]

熙宁十年（1077）作于徐州。任伋，字师中；家勤国，字汉公。二人皆为眉山人。

[注释]

①皇祐：宋仁宗年号，1049—1054年。苏洵因屡试不中，于庆历末放弃科举，皇祐年间一直居家读书，教导两个儿子。

②阔疏：疏远。

③老史：苏洵的朋友史经臣，字彦辅。郊墟：郊外，村野荒丘之间。

④芙蕖（fúqú）：荷花。

梦南轩

元祐八年八月十一日①，将朝，尚早，假寐，梦归毂行宅②，遍历蔬园中。已而坐于南轩，见庄客数人，方运土塞小池。土中得两芦菔根③，客喜食之。予取笔作一篇文，有数句云："坐于南轩，对修竹数百，野鸟数千。"既觉，惘然怀思久之。南轩，先君名之曰"来风"者也。

[注释]

①元祐八年：1093年，苏轼五十八岁，在朝任端明殿学士、礼部尚书兼翰林侍读学士。对于无休无止的朝政斗争十分厌倦，多次请

求外任，并渴望早日退隐归乡。八月一日，妻子王闰之去世，更使他后悔自己未能早做决断，怀乡之情也变得更加浓烈。

②縠行宅：即眉山纱縠行旧居。苏轼《记先夫人不发宿藏》："先夫人僦居于眉之纱縠行。"

③芦菔（fú）根：萝卜。

祭亡妻同安郡君文

维元祐八年，岁次癸酉①，八月丙午朔，初二日丁未②，具位③苏轼，谨以家馔酒果，致奠于亡妻同安郡君王氏二十七娘之灵。呜呼，昔通义君④，没不待年。嗣为兄弟⑤，莫如君贤。妇职既修，母仪甚敦⑥。三子如一，爱出于天。从我南行，菽水⑦欣然。汤沐两郡⑧，喜不见颜。我曰归哉，行返丘园。曾不少须⑨，弃我而先。孰迎我门，孰馈我田⑩。已矣奈何，泪尽目干。旅殡国门，我实少恩⑪。惟有同穴⑫，尚蹈此言。呜呼哀哉。

[解题]

同安郡君：朝廷赐予苏轼妻子王闰之的封号。

[注释]

①岁次癸酉：岁次也叫年次。古代以岁星纪年，岁星即木星，由西向东绕天一周是十二年，古人将岁星运行的轨迹分作十二等份，与十二干支相对应。岁在癸酉，即岁行所在的位置对应着癸酉，也即癸酉年。

②"八月"两句：八月的第一天是丙午日，八月初二是丁未日。

③具位:唐宋以后,官吏在一些特别正式的文章上,常把应写明的官职爵位写作"具位",表示谦敬。

④通义君:朝廷追赠苏轼亡妻王弗的封号。

⑤这一句的意思是,王闰之继堂姐王弗之后,与苏轼结为夫妇。兄弟:这里指夫妇。上古时期,夫妇相互称兄弟。

⑥妇职:指纺织、刺绣、缝纫等女工。母仪:为母之道。

⑦菽水:豆与水。指食物只有豆和水,形容生活清苦。

⑧汤沐:即汤沐邑,指古代王公、诸侯等可以收取赋税的私邑。汤沐两郡:元祐年间,苏轼被封为武功县开国伯,王闰之被封为同安郡君。

⑨须:等待。

⑩孰馈我田:谁到田间给我送饭。

⑪殡:停放灵柩。旅殡国门:王闰之去世后,没有立即下葬,灵柩暂时殡寄在汴京城西惠济院。我实少恩:意思是自己对不起去世的妻子。

⑫同穴:夫妇合葬。

梦里杭州

[故事原文]

和张子野见寄三绝句（其一）

过旧游

前生我已到杭州，到处长如到旧游。更欲洞霄为隐吏①，一庵闲地且相留。

[解题]

熙宁八年（1075）作于密州。张子野：张先，字子野，北宋著名词人，苏轼的忘年交，比苏轼年长四十六岁。

[注释]

①洞霄：道观。这里指祠禄官，管理道教宫观的闲职。隐吏：指亦官亦隐。

怀西湖寄晁美叔同年

西湖天下景，游者无愚贤。浅深随所得，谁能识其全。嗟我本狂直，早为世所捐。独专山水乐，付与宁非天。三百六十寺，幽寻遂穷年。所至得其妙，心知口难传。至今清夜梦，耳目余芳鲜。君持使者节①，风采烁云烟。清流与碧巘②，安肯为君妍。胡不屏骑从，暂借僧榻眠。读我壁间诗，清凉洗烦煎。策杖无道路，直造意所便。应逢古渔父，苇间自延缘③。问道若有得，买鱼勿论钱。

[解题]

熙宁八年（1075）作于密州。晁美叔：名端彦，嘉祐二年（1057）进士及第，是苏轼的同年好友。

[注释]

①晁端彦时任两浙路提点刑狱。宋代的"路"属于朝廷的派出机构，因此，各路的提点刑狱、转运使等官员，都称为朝廷的使者。

②巘（yǎn）：山峰。

③延缘：这里指缓步徐行。

杭州故人信至齐安

昨夜风月清，梦到西湖上。朝来闻好语，扣户得吴饷①。轻圆白晒荔，脆酽红螺酱。更将西庵茶，劝我洗江瘴。故人情义重，说我必西向。一年两仆夫，千里问无恙。相期结书社②，未怕供诗帐③。还将梦魂去，一夜到江涨④。

[解题]

元丰四年（1081）作于黄州。齐安：黄州。

[注释]

①吴馂:杭州故人远道寄赠的食物。

②苏轼自注:"故人相约醵钱雇仆夫,一岁再至黄。"醵(jù):聚。

③苏轼自注:"仆顷以诗得罪,有司移杭取境内所留诗,杭州供数百首,谓之诗帐。"

④苏轼自注:"江涨,杭州桥名。"

答陈师仲主簿书(节选)

轼于钱塘人有何恩意,而其人至今见念,轼亦一岁率常四五梦至西湖上,此殆世俗所谓前缘者。在杭州尝游寿星院,入门便悟曾到,能言其院后堂殿山石处,故诗中尝有"前生已到"之语①。足下主簿,于法得出入②,当复纵游如轼在彼时也。山水穷绝处,往往有轼题字,想复题其后。

[解题]

元丰四年(1081)作于黄州。陈师仲,字传道,著名诗人陈师道之兄,时任杭州主簿。

[注释]

①指《和张子野见寄三绝句(其一)》"前生我已到杭州"一句。

②宋代对官员任期内出行有较为严格的规定,因公出差,或因私请假,才能离开任职辖区范围。主簿属幕僚官,有较多机会出差。

梦弥勒殿

仆在黄州,梦至西湖上。梦中亦知其为梦也。湖上有大殿三重,其东,一殿题其额云"弥勒下生"。梦中云:"是仆昔年所书。"众僧往来行道,大半相识,辨才、海月①皆在,相见惊喜。仆散衫策杖,谢诸人曰:"梦中来游,不及冠带。"既觉,忘之。明日得芝上人②信,乃复理前梦,因书以寄之。

[解题]

元丰年间作于黄州。

[注释]

①辨才、海月:辨才法师元净,海月禅师慧辨,皆为杭州僧人。

②芝上人:法芝,又名昙秀,杭州僧人,元祐年间扬州山光寺住持。贺铸《寄别僧芝》题下注:"吴僧法芝,字昙秀,姓钱氏。"

送襄阳从事李友谅归钱塘

居杭积五岁①,自意本杭人。故山归无家,欲卜西湖邻。良田不难买,静士谁当亲。髯张既超然,老潜亦绝伦。李子冰玉姿②,文行两清淳。归从三人游,便足了此身。公堤不改昨,姥岭行开新③。幽梦随子去,松花落衣巾。

[解题]

元祐七年(1092)作于汴京。襄阳从事:襄州属官。李友谅：杭州钱塘县人。

[注释]

①苏轼熙宁四年（1071）至熙宁七年（1074）任杭州通判，元祐四年（1089）至元祐六年（1091）任杭州知州，总计五年。

②髯张：张秉道；老潜：道潜，又名参寥；李子：李友谅。此三人都是苏轼在杭州的朋友。

③公堤：苏轼在杭州所建造的西湖苏堤。姥岭：天姥山。

石泉之梦

[故事原文]

记参寥诗

昨夜梦参寥师①携一轴诗见过。觉而记其《饮茶》诗两句云："寒食清明都过了，石泉槐火一时新。"梦中问："火固新矣，泉何故新？"答云："俗以清明淘井。"当续成一诗，以记其事。

[解题]

元丰六年（1083）作于黄州。

[注释]

①道潜，字参寥，杭州于潜人，自幼出家，苏轼的诗友。

参寥泉铭并叙

余谪居黄，参寥子不远数千里从余于东城，留期年①。尝与同游武昌之西山，梦相与赋诗，有"寒食清明""石泉槐火"之句，语甚美，而不知其所谓。其后七年，余出守钱塘，参寥子在焉。明年，卜智果精舍居之②。又明年，新居成，而余以寒食去郡，实来告行。舍下旧有泉，出石间，是月又凿石得泉，加冽。参寥子撷新茶，钻火煮泉而瀹③之，笑曰："是见于梦九年，卫公之为灵也久矣④。"坐人皆怅然太息，有知命无求之意。乃名之参寥泉，为之铭曰：

在天雨露，在地江湖。皆我四大⑤，滋相所濡。伟哉参寥，弹指八极。退守斯泉，一谦四益。余晚闻道，梦幻是身。真即是梦，梦即是真。石泉槐火，九年而信。夫求何神，实弊汝神。

[注释]

①东城：苏轼居住在黄州城东，并躬耕于东坡。期（jī）年：一年。

②明年：苏轼元祐四年（1089）到杭州任，"明年"指元祐五年（1090）。卜……居：择地而居。

③瀹（yuè）：煮。

④九年：元丰六年（1083）参寥到黄州看望苏轼，到元祐六年（1091）二月苏轼告别参寥离开杭州，前后九个年头。卫公之为灵：

可能是用李德裕食万羊的传说，说明万事皆有定数。李德裕，字文饶，唐代名相，封卫国公。据说，有位僧人说他不久将会遭贬南行万里，并说："相公命中注定要吃一万只羊，现在还差五百只没吃完，所以一定能够回来。"李德裕感叹道："师父真是神人。我曾梦见行于晋山上，见满山羊群，有十几个牧羊人对我说：'这些都是您平生所吃的羊。'我一直记着这个梦，没有告诉过别人！"十几天后，忽然有人送给他五百只羊。李德裕大惊，将此事告知僧人，说："这些羊我不吃，可以免祸吗？"僧人说："羊已经送到，已是归你所有。"不久，李德裕果然被贬到万里之外的崖州，并死在那里。后人便用"食万羊"表示听天由命，不必强求。

⑤四大：佛教以地、水、火、风为四大。

罗汉入梦

[故事原文]

应梦罗汉记

元丰四年①正月二十一日，予将往岐亭。宿于团封②，梦一僧破面流血，若有所诉。明日至岐亭，过一庙，中有阿罗汉像，左龙右虎，仪制甚古，而面为人所坏，顾之恻然，庶几③畴昔所见乎！遂载以归，完新而龛之，设于安国寺。四月八日，先妣武阳君忌日④，饭僧⑤于寺，乃记之。责授黄州团练使眉山苏轼记。

[注释]

①元丰四年：1081年。

②岐亭：镇名，属黄州麻城县。团封：即团风，镇名，属黄州黄冈县。苏轼好友陈慥的相关介绍，参见《特立独行的方山子》。

③庶几：也许，可能。

④先妣（bǐ）：亡母。武阳君：苏轼母亲程氏的封号。忌日：父母及其他亲属逝世的日子。因禁忌饮酒、作乐等事，故称。

⑤饭僧：向和尚施饭，修善祈福。

应梦罗汉

仆往岐亭，宿于团风，梦一僧破面流血，若有所诉。明日至岐亭，以语陈慥季常，皆莫晓其故。仆与慥入山中，道左有庙，中，神像之侧，有古塑阿罗汉一躯，仪状甚伟，而面目为人所坏。仆尚未觉，而慥忽悟曰："此岂梦中得乎？"乃载以归，使僧继莲命工完新，遂置之安国院。左龙右虎，盖第五尊者也①。

[注释]

①十八罗汉的第五位。此尊者是一位大力罗汉，原为一名勇猛的战士，力大无比，后来出家当和尚，放弃了打杀的念头以及粗鲁野蛮的性格。

梦里梦外

[故事原文]

破琴诗并叙

　　旧说，房琯开元中尝宰卢氏①，与道士邢和璞出游，过夏口村，入废佛寺，坐古松下。和璞使人凿地，得瓮中所藏娄师德与永禅师②书。笑谓琯曰："颇忆此耶？"琯因怅然，悟前生之为永师也。故人柳子玉宝此画③，云是唐本，宋复古所临者。元祐六年三月十九日，予自杭州还朝④，宿吴淞江，梦长老仲殊挟琴过余，弹之有异声。就视，琴颇损，而有十三弦。予方叹惜不已。殊曰："虽损，尚可修。"曰："奈十三弦何？"殊不答，诵诗云："度数形名本偶然⑤，破琴今有十三弦。此生若遇邢和璞，方信秦筝是响泉⑥。"予梦中了然，识其所谓，既觉而忘之。明日，昼寝，复梦，殊来理前语，再诵其诗。方惊觉而殊适至，意其非梦也，问之殊，盖不知。是岁六月，见子玉之子子文京师，求得其画，乃作诗并书所梦其上。子玉，名瑾，善作诗及行草书。复古，名迪，画山水草木，盖妙绝一时。仲殊本书生，弃家学佛，通脱无所著⑦，皆奇士也。

　　破琴虽未修，中有琴意足。谁云十三弦，音节如佩玉。新琴空高张，丝声不附木。宛然七弦筝，动与世好逐。陋矣房次律，因循堕流俗⑧。悬知董庭兰，不识无弦曲⑨。

[注释]

①房琯（guǎn）：唐代大臣，至德元年（756）前后任宰相。开元：唐玄宗年号，713—741年。卢氏：县名，今属河南省。

②娄师德（630—699）：唐代大臣，长寿元年（692）与万寿通天二年（697）两度担任宰相。永禅师：智永和尚，隋朝僧人，书圣王羲之七世孙，长于书法。

③柳子玉：柳瑾，字子玉，其子娶苏轼堂妹为妻。此画：指以娄师德、永禅师故事为题材的一幅画。

④元祐六年：1091年。自杭州还朝：苏轼元祐四年（1089）春任杭州知州，至元祐六年（1091）春任满。

⑤度数：规则，道理。形名：内容与名称，实体与概念。这一句的意思是，一切都不是绝对的，会根据特定情况发生变化。

⑥秦筝：古代秦地的一种乐器，历来被视为俗乐，与高雅的古琴相对立。响泉：指古琴。

⑦通脱无所著：通达洒脱，无所执着。

⑧房次律：即房琯，字次律。这两句说房琯前世已是得道高僧，这一世又沦为浅薄凡庸的世俗中人。

⑨董庭兰：唐代著名琴师。《新唐书》记载，房琯任宰相时，董庭兰为其门客，凭借房琯的权势，多次收受贿赂。无弦曲：借用陶渊明无弦琴的典故，批评董庭兰虽为著名琴师，技艺精湛，却并未领会琴乐的超然物外的精神实质。《晋书·陶潜传》记载：（陶渊明）"性不解音，而畜素琴一张，弦徽不具。每朋酒之会，则抚而和之。曰：'但识琴中趣，何劳弦上声。'"

书破琴诗后并叙

余作《破琴诗》,求得宋复古画邢和璞于柳仲远①,仲远以此本托王晋卿临写为短轴,名为《邢房悟前生图》,作诗题其上。

此身何物不堪为②,逆旅浮云自不知③。偶见一张闲故纸,便疑身是永禅师。

[注释]

①宋复古:宋迪,字复古,宋代著名画家。柳仲远:字子文,苏轼堂妹婿。

②《庄子·至乐》中认为,人与万物本质上都是一气化成,"气变而有形,形变而有生",人死后化为气,气又可以变化成其他事物。因此,《庄子·大宗师》中,子犁对临终的子来说:"伟哉!造化又将奚以汝为?将奚以汝适?以汝为鼠肝乎?以汝为虫臂乎?"苏轼此句化用庄子典故,感慨人生充满偶然性。

③逆旅浮云:比喻人生短暂、多变。《庄子·知北游》:"悲夫!世人直为物逆旅耳。"《维摩诘经》:"是身如浮云,须臾变灭。"

王翊救鹿

[故事原文]

王翊救鹿（节选）

　　黄州岐亭有王翊者，家富而好善。梦于水边，见一人为人所殴伤，几死，见翊而号①，翊救之得免。明日，偶至水边，见一鹿为猎人所得，已中几枪。翊发悟，以数千钱赎之。鹿随翊起居，未尝一步舍翊。

[注释]

　　①号（háo）：哭诉。

王平甫梦游灵芝宫

[故事原文]

王平甫梦灵芝宫

　　王平甫熙宁癸丑岁，直宿崇文馆①，梦有人邀之至海上。见海水中宫殿甚盛，其中作乐，笙箫鼓吹之伎甚众。题其宫曰灵芝宫。邀平甫,欲与之俱往。有人在宫侧,隔水止之曰:"时未至,且令去,它日当迎之。"至此,恍然梦觉。时禁中[2]已钟鸣。平甫颇自负,为诗记之曰:"万顷波涛木叶飞,笙箫宫殿号灵芝。挥毫不似人间世,长乐[3]钟来梦觉时。"后四年,平甫病卒。其家哭讯之曰:"君尝梦往灵芝宫,信然乎?当以兆我。"是夕,暮奠,若有声音接于人者,其家复卜以钱[4]。卜之曰:"往灵芝宫,其果然乎?"卜曰:"然。"昔有人至海上蓬莱,见楼台中有待乐天之室,乐天自为诗以识其事[5],与平甫之梦实相似。盖二人者,皆天才逸发,则其精神所寓,必有异者,物理[6]皆有之,而不可穷也。其家哭,请书其事,故为之书以慰其思。

[解题]

王安国,字平甫,王安石之弟,宋代著名诗人。

[注释]

①熙宁癸丑:熙宁六年,1073年。直宿:值夜班。崇文馆:昭文馆、集贤院、史馆的总称。当时,王安国任崇文院校书。

②禁中:宫中。

③长乐:汉代长乐宫,这里代指宫殿。

④卜钱:卜术的一种。掷铜钱,以钱的反正代阴阳,看其变化以定吉凶。

⑤乐天:唐代诗人白居易。白居易《客有说》(自注:"客即李浙东也,所说不能具录其事"):"近有人从海上回,海山深处见楼台。中有仙龛虚一室,多传此待乐天来。"

⑥物理:事物的规律与道理。

民间传说

庸医误人

[故事原文]

盖公堂记(节选)

　　始吾居乡,有病寒而咳者,问诸医,医以为蛊①,不治且杀人。取其百金而治之,饮以蛊药,攻伐其肾肠,烧灼其体肤,禁切其饮食之美者。期月②而百疾作,内热恶寒,而咳不已,累然真蛊者也。又求于医,医以为热,授之以寒药,旦朝吐之,暮夜下之,于是始不能食。惧而反之,则钟乳、乌喙③杂然并进,而瘭疽痈疥④眩瞀⑤之状,无所不至。三易医而疾愈甚。里老父⑥教之曰:"是医之罪,药之过也。子何疾之有!人之生也,以气为主,食为辅。今子终日药不释口,臭味⑦乱于外,而百毒战于内,劳其主,隔其辅,是以病也。子退而休之,谢医却药而进所嗜,气完⑧而食美矣,则夫药之良者,可以一饮而效。"从之,期月而病良已。

[解题]

　　熙宁七年(1074)作于密州。盖公:西汉学者,长于黄老之学。曹参治理齐国时曾向他请教。《史记·曹参世家》记载："闻胶西有盖公，善治黄老言，使人厚币请之。既见盖公，盖公为言治道贵清净，而民自定，推此类，具言之。参于是避正堂，舍盖公焉。其治要用黄老术，故相齐九年，齐国安集，大称贤相。"

[注释]

①蛊（gǔ）：一种腹部鼓胀的疾病。

②期（jī）月：一整月。

③钟乳：钟乳石，可药用，味甘，性温。乌喙：中药附子的别称，药性辛温。

④瘭（biāo）疽（jū）痈（yōng）疥（jiè）：均为局部皮肤炎肿化脓的疮毒。

⑤眩瞀（mào）：眼睛昏花，视物不明。

⑥里老父：邻居大爷。里：街坊，邻里。

⑦臭（xiù）味：气味。臭：同"嗅"。

⑧气完：元气充足。

笔仙

[故事原文]

书石晋笔仙

石晋之末,汝州有一士,不知姓名,每夜作笔十管付其家。至晓,阖户而出,面街凿壁,贯以竹筒,如引水者。有人置三十钱,则一笔跃出。以势力取之,莫得也。笔尽,则取钱携一壶买酒吟啸自若,率尝如此。凡三十载,忽去,不知所在。又数十年,复有见之者,颜貌如故,人谓之笔仙。

[解题]

石晋,指五代后晋,开国皇帝石敬瑭。

子姑神的前世

[故事原文]

子姑神记

元丰三年正月朔日①,予始去京师来黄州。二月朔至郡。至之明年,进士潘丙谓予曰:"异哉,公之始受命,黄人未知也。有神降于州之侨人②郭氏之第,与人言如响,且善赋诗,曰,苏公将至,而吾不及见也。已而,公以是日至,而神以是日去。"其明年正月,丙又曰:"神复降于郭氏。"予往观之,则衣草木为妇人③,而置箸手中,二小童子扶焉。以箸画字曰:"妾,寿阳人也,姓何氏,名媚,字丽卿。自幼知读书属文,为伶人妇。唐垂拱中④,寿阳刺史⑤害妾夫,纳妾为侍书,而其妻妒悍甚,见杀于厕。妾虽死不敢诉也,而天使⑥见之,为直其冤,且使有所职于人间。盖世所谓子姑神者,其类甚众,然未有如妾之卓然者也。公少留而为赋诗,且舞以娱公。"诗数十篇,敏捷立成,皆有妙思,杂以嘲笑。问神仙鬼佛变化之理,其答皆出于人意外。坐客抚掌,作《道调梁州》⑦,神起舞中节⑧,曲终再拜以请曰:"公文名于天下,何惜方寸之纸,不使世人知有妾乎?"予观何氏之生,见掠于酷吏,而遇害于悍妻,其怨深矣。而终不指言刺史之姓名,似有礼者。客至逆知⑨其平生,而终不言人之阴私与休咎⑩,可谓智矣。又知好文字而耻无闻于世⑪,皆可贤者。粗为录之,答其意焉。

[解题]

　　元丰四年（1081）正月作于黄州。子姑神：即紫姑神，古代传说中的厕神。民间有祭祀紫姑神的习俗，并通过"扶箕"（扶乩）的方式，请紫姑神占卜。

[注释]

　　①元丰三年：1080年。正月朔日：农历正月初一。朔：农历每月初一。

　　②侨人：寄居异地的人。

　　③衣草木为妇人：给稻草人穿上女性服饰，扮成女子的模样。

　　④垂拱：武则天的年号，685—688年。

　　⑤寿阳：今山西寿阳县。刺史：唐代州郡长官。

　　⑥天使：天帝的使者。有别于西方文学中的安琪儿（天使）。

　　⑦《道调梁州》：唐教坊曲名，即《梁州令》，一名《凉州令》。

　　⑧中节：合于音乐节拍。

　　⑨逆知：预知。

　　⑩阴私：隐私，隐秘不可告人的事。休咎：吉凶，善恶。

　　⑪《论语·卫灵公》："子曰：君子疾没世而名不称焉。"留名青史，永垂不朽，是儒家士大夫重要的人生追求。

天篆记

[故事原文]

天篆记

　　江淮间俗尚鬼①。岁正月,必衣服箕帚为子姑神②,或能数数画字。惟黄州郭氏神最异。予去岁作何氏录③以记之。今年黄人汪若谷家,神尤奇。以箸为口④,置笔口中,与人问答如响。曰:"吾天人也。名全,字德通,姓李氏。以若谷再世为人,吾是以降焉。"箸篆字,笔势奇妙,而字不可识。曰:"此天篆也。"与予篆三十字,云是天蓬咒。使以隶字释之,不可。见黄之进士张炳,曰:"久阔无恙。"炳问安所识。答曰:"子独不记刘苞乎?吾即苞也。"因道炳昔与苞起居语言状甚详。炳大惊,告予曰:"昔尝识苞京师,青巾布裘,文身而嗜酒,自言齐州⑤人。今不知其所在。岂真天人乎?"或曰:"天人岂肯附箕帚为子姑神从汪若谷游哉!"予亦以为不然。全为鬼为仙,固不可知,然未可以其所托之陋疑之也。彼诚有道,视王宫豕牢⑥一也。其字虽不可识,而意趣简古,非墟落⑦间窃食愚鬼所能为者。昔长陵女子以乳死⑧,见神于先后⑨宛若,民多往祠。其后汉武帝亦祠之,谓之神君,震动天下。若疑其所托,又陋于全矣。世人所见常少,所不见常多,奚必于区区耳目之所及,度量世外事乎?姑藏其书,以待知者。

[注释]

①尚鬼:尊崇鬼神。

②必衣服箕帚为子姑神:给扫帚穿上衣服装扮成子姑神。箕帚（jīzhǒu）:畚箕和扫帚。

③予去岁作何氏录:指苏轼元丰三年（1080）所作《子姑神记》一文。

④以箸为口:当为"以箸为笔"。

⑤齐州:今山东济南。

⑥豕（shǐ）牢:厕所,猪圈。

⑦墟落:墟墓,丛聚而无人祭扫的坟墓。

⑧乳死:因生产而死。

⑨先后:妯娌。

一个薄情寡义的商人

[故事原文]

梁贾说

梁民有贾于南者,七年而后返。茹杏实、海藻,呼吸山川之秀,饮泉之香,食土之洁,泠泠风气,如在其左右。朔易弦化①,磨去风瘤②,望之蝤蛴③然,盖项领也。倦游以归,顾视形影,日有德色④。徜徉旧都，踌躇乎四邻，意都之人与邻之人，十九莫已若也。入其闺⑤，登其堂，视其妻，反惊以走："是何怪耶？"妻劳之⑥，则曰："何关于汝！"馈之浆，则愤不饮。举案而饲之，则愤不食。与之语，则向墙而欷歔⑦。披巾帨而视之，则唾而不顾。谓其妻曰："若何足以当我，亟去之！"妻俯而怍，俯而叹，曰："闻之，居富贵者，不易糟糠；有姬姜⑧者，不弃憔悴。子以无瘿归，我以有瘿逐。呜呼，瘿邪，非妾妇之罪也！"妻竟出。于是贾归家。三年，乡之人憎其行，不与婚。而土地风气，蒸变其毛脉，啜菽饮水，动摇其肌肤，前之丑稍稍复故。于是还其室，敬相待如初。君子谓是行也，知贾之薄于礼义多矣。居士曰：贫易主，贵易交，不常其所守，兹名教之罪人，而不知学术者，蹈而不知耻也。交战乎利害之场，而相胜于是非之境，往往以忠臣为敌国，孝子为格房⑨，前后纷纭，何独梁贾哉！

[解题]

梁：汝州梁县，今属河南省汝州市。贾（gǔ）：商人。

[注释]

①朔易弦化：年复一年，生活有所变化。

②风瘿：瘿，颈瘤，俗称大脖子。指生长在脖子上的一种囊状的瘤子。王安石（一作梅尧臣）《汝瘿和王仲仪》："汝水出山险，汝民多病瘿。"

③蝤蛴（qiúqí）：天牛的幼虫。因其体丰润洁白，故古人用以比喻光滑柔腻的颈项。《诗经·卫风·硕人》："领如蝤蛴。"

④德色：自得之色。

⑤闺：内室。

⑥劳之：问候他，关心他。

⑦欷歔：唏嘘，叹气。

⑧姬姜：春秋时，周王室姓姬，齐国姓姜，二姓常通婚姻，后世以"姬姜"代指贵族女性，亦泛指美女。

⑨格虏：强悍不驯的奴仆。

樊山故事

[故事原文]

记樊山

自余所居临皋亭下，乱流①而西，泊于樊山，为樊口。或曰"燔②山"。岁旱燔之，起龙致雨。或曰樊氏居之。不知孰是？其上为卢洲，孙仲谋汛江，遇大风，舵师请所之。仲谋欲往卢洲，其仆谷利以刀拟舵师，使泊樊口③。遂自樊口凿山通路归武昌，今犹谓之"吴王岘"。有洞穴，土紫色，可以磨镜。循山而南，至寒溪寺。上有曲山，山顶即位坛、九曲亭，皆孙氏遗迹。西山寺，泉水白而甘，名菩萨泉。泉所出石，如人垂手也。山下有陶母④庙。陶公治武昌，既病登舟，而死于樊口。寻绎故迹，使人凄然。仲谋猎于樊口，得一豹，见老母，曰："何不逮其尾？"

忽然不见。今山中有圣母庙。予十五年前过之，见彼板仿佛有"得一豹"三字，今亡矣。

[解题]

元丰年间作于黄州。樊山，在宋鄂州武昌县（今武汉市武昌区），又名西山，下有寒溪。与苏轼贬所黄州隔长江相望，苏轼经常去游玩。

[注释]

①乱流：横渡江河。

②燔（fán）：焚烧。

③孙仲谋：孙权，字仲谋，三国时吴国国主。据《三国志补注》记载：孙权曾与群臣乘舟泛江，遭遇大风，命舵工驶往卢洲，下属谷利以刀逼迫舵工驶往樊口，从而避免了船毁人亡的悲剧。

④陶母：晋代名将陶侃（下文陶公）之母，古代著名的贤母。陶侃，字士衡，官至太尉，封长沙郡公，晋代著名诗人陶渊明的曾祖父。

菩萨泉铭并叙

陶侃为广州刺史，有渔人每夕见神光海上，以白侃。侃使迹①之，得金像。视其款识②，阿育王所铸，文殊师利像也③。初送武昌寒溪寺。及侃迁荆州，欲以像行，人力不能动。益以牛车三十乘，乃能至船。船复没。遂以还寺。其后惠远法师④迎像归庐山，了无艰碍。山中世以二僧守之。会昌中，诏毁天下寺⑤，二僧藏像锦绣谷。比释教复兴，求像不可得，而谷中至今有光景⑥，往往发见，如峨眉、五台所见。盖远师文集载处士张文逸之文，及山中父老所传如此。今寒溪少西数百步，别为西山寺，有泉出于嵌窦⑦间，色白而甘，号菩萨泉，人莫知其本末。建昌李常⑧谓余，岂昔像之所在乎？且属余为铭，铭曰：

像在庐阜，宵光烛天。旦朝视之，寥寥空山。谁谓寒溪，尚有斯泉。盍往鉴之，文殊了然。

[注释]

①迹：追踪，探寻。

②款识（zhì）：指古代钟鼎彝器上铸刻的文字，也指书画上的题名。

③阿育王：印度古代国王。在位期间，几乎统一全印度，后皈依佛教，并大力推行佛教，对佛教发展影响极大。文殊师利：即文殊菩萨，佛教四大菩萨之一。

④惠远法师：即慧远法师，晋代高僧。

⑤会昌：唐武宗年号，841—846年。唐武宗在位时，推行一系列灭佛政策，使佛教在中国受到严重打击，史称"唐武宗灭佛"或"武宗灭佛"，佛教徒又称之为"会昌法难"。

⑥光景：光影。

⑦嵌窦：山洞。

⑧建昌：宋南康军建昌县，今江西省永修县。李常，字公择，北宋名臣，官至御史中丞，苏轼的好友。

僧道传奇

奇人率子廉

[故事原文]

率子廉传

率子廉,衡山农夫也。愚朴不逊,众谓之率牛。晚隶南岳观为道士。观西南七里,有紫虚阁,故魏夫人坛①也。道士以荒寂,莫肯居者,惟子廉乐之,端默而已。人莫见其所为。然颇嗜酒,往往醉卧山林间,虽大风雨至不知,虎狼过其前,亦莫害也。

故礼部侍郎王公祜②出守长沙,奉诏祷南岳,访魏夫人坛。子廉方醉不能起,直视公曰:"村道士爱酒,不能常得,得辄径醉,官人恕之。"公察其异,载与俱归。居月余,落漠无所言,复送还山,曰:"尊师韬光内映,老夫所不测也,当以诗奉赠。"既而忘之。一日昼寝,梦子廉来索诗,乃作二绝句,书板置阁上。众道士惊曰:"率牛何以得此?"太平兴国五年③六月十七日,忽使谓观中人曰:"吾将有所适,阁不可无人,当速遣继我者。"众道士自得王公诗,稍异之矣。及是,惊曰:"天暑如此,率牛安往?"狼狈往视,则死矣。众始大异之,曰:"率牛乃知死日耶？"葬之岳下。

未几，有南台寺僧守澄，自京师还，见子廉南薰门外，神气清逸。守澄问何故出山？笑曰："闲游耳。"寄书与山中人，澄归，乃知其死。验其书，则死日也。发其冢，杖屦而已。

东坡居士曰："士中有所挟，虽小技，不轻出也，况至人乎！至人固不可得，识至人者，岂易得哉！王公非得道，不能知牵牛之异也。"居士尝作《三槐堂记》④，意谓公非独庆流其子孙⑤，庶几身得道者。及见牵子廉事，益信其然。公诗不见全篇，书以遗其曾孙巩，使求之家集而补之，或刻石置紫虚阁上云。

[注释]

①魏夫人：道教尊奉的女神，又称紫虚元君。坛：祭坛。

②王祐：字景叔，宋初大臣。其子王旦，真宗朝名相。王旦之孙王巩是苏轼的好友。

③太平兴国五年：980年。

④苏轼曾应王巩之请，作《三槐堂铭并叙》。

⑤非独庆流其子孙：不只是福泽荫庇他的子孙。庆：福泽。

三生石上旧精魂

[故事原文]

僧圆泽传

洛师①惠林寺，故光禄卿李憕居第。禄山陷东都，憕以居守死之②。子源，少时以贵游子豪侈善歌，闻于时。及憕死，悲愤自誓，不仕不娶不食肉，居寺中五十余年。

寺有僧圆泽，富而知音，源与之游，甚密，促膝交语竟日，人莫能测。一日，相约游蜀青城峨眉山。源欲自荆州溯峡，泽欲取长安斜谷路。源不可，曰："吾已绝世事，岂可复道京师哉！"泽默然久之，曰："行止固不由人。"

遂自荆州路，舟次南浦，见妇人锦裆负罂而汲者③，泽望而泣曰："吾不欲由此者，为是也。"源惊问之，泽曰："妇人姓王氏，吾当为之子。孕三岁矣，吾不来，故不得乳④。今既见，无可逃者。公当以符咒助我速生。三日浴儿⑤时，愿公临我，以笑为信。后十三年中秋月夜，杭州天竺寺外，当与公相见。"源悲悔而为具沐浴易服，至暮，泽亡而妇乳。三日，往视之，儿见源果笑。具以语王氏，出家财葬泽山下。源遂不果行，反寺中，问其徒，则既有治命⑥矣。

后十三年自洛适吴，赴其约，至所约，闻葛洪川畔有牧童扣牛角而歌之。曰："三生石上旧精魂，赏月吟风不要论。惭愧情人⑦远相访，此身虽异性⑧长存。"呼问："泽公健否？"答曰：

"李公真信士。然俗缘未尽，慎勿相近。惟勤修不堕⑨，乃复相见。"又歌曰："身前身后事茫茫，欲话因缘恐断肠。吴越山川寻已遍，却回烟棹上瞿塘。"遂去，不知所之。

后二年，李德裕⑩奏源忠臣子，笃孝，拜谏议大夫，不就，竟死寺中，年八十。此出袁郊所作《甘泽谣》⑪，以其天竺故事，故书以遗寺僧。旧文繁冗，颇为删改。

[注释]

①洛师：洛京，即洛阳，唐代为东都。师：京师。

②光禄卿：官名。李憕（chéng）：唐朝大臣。天宝十四年（755），安禄山攻占洛阳，时任东京留守的李憕兵败被俘，誓死不降，惨遭杀害。

③锦裆：锦绣坎肩。罂（yīng）：小口大肚的瓶子。汲：打水。

④乳：生产。

⑤三日浴儿：民间习俗，婴儿出生第三天召集亲友举行浴儿仪式。

⑥治命：遗嘱。

⑦情人：有情人，指朋友。

⑧性：佛教语，指事物的本质。与"相"相对。

⑨不堕：佛教认为众生处于六道轮回之中，即天人、人、阿修罗、畜生、饿鬼、地狱六道。修习佛法的目的是超脱六道轮回，至少要避免堕入三恶道（畜生、饿鬼、地狱）。

⑩李德裕：字文饶，唐代政治家、文学家，多次入朝为相。

⑪袁郊：字之仪，唐昭宗时官至翰林学士。《甘泽谣》是袁郊所作传奇小说集。

道士徐问真

[故事原文]

徐问真从欧阳公游

道人徐问真,自言潍州①人。嗜酒狂肆,能啖生葱、鲜鱼,以指为针,以土为药,治病良有神验。欧阳文忠公为青州②,问真来,从公游久之,乃求去。闻公致仕,复来汝南③,公常馆之④,使伯和父兄弟为之主⑤。公尝有足病,状少异,莫能喻。问真教公汲引⑥,气血自踵至顶。公用其言,病辄已。忽一日,求去甚力。公留之,不可,曰:"我有罪。我与公卿游,我不敢复留。"公使人送之,果有冠铁冠丈夫,长八尺许,立道周俟之。问真出城,雇村童,使持药笥。行数里,童告之,求去。问真于发中出一瓢,如枣大,再三覆之掌中,得酒满掬者二,以饮童子,良酒也。自尔不知其存亡,童子竟发狂,亦莫知其所终。轼过汝阴⑦,见公,具言如此。其后,予贬黄州,而黄冈县令周孝孙暴得重膇病⑧。某以问真口诀授之,七日而愈。元祐六年⑨十一月二日,与叔弼父、季默父⑩夜坐,话其事,事复有甚异者,不欲尽书,然问真要为异人也。

[解题]

欧阳公:欧阳修,字永叔,谥号"文忠",北宋著名政治家、文学家。

[注释]

①潍州：今山东潍坊。

②熙宁元年（1068）至熙宁三年（1070），欧阳修曾任京东东路安抚使，兼青州知州。青州：今山东淄博。

③熙宁四年（1071），欧阳修退归颍州（今安徽阜阳）。汝南：这里指颍州。汉代时颍州属汝南郡。

④馆之：以宾客之礼接待。

⑤伯和父：欧阳修长子欧阳发，字伯和。父：同"甫"，男子的美称。为之主：做东道主。

⑥汲引：一种道家养生功法。

⑦汝阴：颍州。

⑧重膇（zhòngzhuì）病：脚肿病。

⑨元祐六年：1091年，当时苏轼任颍州知州。

⑩叔弼父、季默父：欧阳修之子欧阳棐、欧阳辩。

道士打铁

[故事原文]

道士锻铁

有道士讲经茅山①,听者数百人。中讲,有自外入者,长大丑黑,大骂曰:"道士奴,天正热,聚众造妖何为?"道士起谢曰:"居山养徒,费用匮乏,不得不尔。"骂者怒少解,曰:"须钱不难,何至作此!"乃取釜灶杵臼之类,得百余斤,以少药锻,皆为银,乃去。后数十年,道士复见此人,从一老道士,须发如雪,骑白骡。此人腰插一骡鞭,从其后。道士遥望,叩头,欲从之。此人指老道士,且摇手作惊畏状,去如飞。少顷,不见。

[注释]

①茅山:在江苏省句容县东南,原名句曲山。相传汉代茅盈、茅衷、茅固三兄弟在这里修炼得道,因此改名茅山。

动物趣事

狡猾的老鼠

[故事原文]

黠鼠赋

苏子夜坐，有鼠方啮。拊床而止之，既止复作。使童子烛之，有橐①中空。嘐嘐聱聱②，声在橐中。曰："嘻，此鼠之见闭而不得去者也。"发而视之，寂无所有。举烛而索，中有死鼠。童子惊曰："是方啮也，而遽死耶？向为何声，岂其鬼耶？"覆而出之，堕地乃走。虽有敏者，莫措其手。苏子叹曰："异哉，是鼠之黠也。闭于橐中，橐坚而不可穴也。故不啮而啮，以声致人；不死而死，以形求脱也。吾闻有生，莫智于人。扰龙、伐蛟、登③龟、狩麟。役万物而君之，卒见使于一鼠。堕此虫之计中，惊脱兔于处女。乌在其为智也？"坐而假寐，私念其故。若有告余者曰："汝惟多学而识之，望道而未见也。不一④于汝，而二于物，故一鼠之啮而为之变也。人能碎千金之璧，不能无失声于破釜；能搏猛虎，不能无变色于蜂虿⑤。此不一之患也。言出于汝，而忘之耶？"余俛而笑，仰而觉。使童子执笔，记余之作。

[注释]

①橐(tuó)：袋子。

②嘐嘐(jiāojiāo)謷謷(áoáo)：象声词，形容咬啮的声音。

③登：践踏，制服。

④一：心志专一。

⑤"人能碎千金之璧"四句：苏轼年少时，父亲曾命他以《夏侯太初论》为题作文，此四句即是这篇文章中的得意之句。虿(chài)：蛇、蝎等毒虫。

可爱的乌觜狗

[故事原文]

余来儋耳，得吠狗，曰乌觜，甚猛而驯，随予迁合浦，过澄迈，泅而济，路人皆惊，戏为作此诗

乌喙本海獒①，幸我为之主。食余已瓠肥②，终不忧鼎俎③。昼驯识宾客，夜悍为门户。知我当北还，掉尾④喜欲舞。跳踉趁童仆，吐舌喘汗雨。长桥不肯蹑，径渡清深浦。拍浮似鹅鸭，登岸剧虓虎⑤。盗肉亦小疵，鞭棰当贳⑥汝。再拜谢厚恩，天不遣言语。何当寄家书，黄耳⑦定乃祖。

[解题]

元符三年（1100），宋徽宗即位，五月大赦，苏轼自儋州量移廉州。此诗即作于赴廉州途中。儋（dān）耳：即儋州，今海南岛。觜（zǔ）：同"嘴"。合浦：廉州州府所在地合浦县，今属广西。澄迈：今海南澄迈。

[注释]

①喙（huì）：鸟兽的嘴。獒（áo）：一种高大、凶猛、垂耳、短毛的家犬，主要用于看门或警戒。

②瓠（hù）肥：胖壮。

③鼎俎（zǔ）：泛指烹煮切割的用具。

④掉尾：摇尾。

⑤虓（xiāo）虎：猛虎。

⑥贳（shì）：赦免。

⑦黄耳：晋代文人陆机饲养的狗，曾为陆机千里传送家书。

聪明的乌鸦

[故事原文]

乌说

乌于人最黠，伺人音色有异，辄去不留，虽捷矢巧弹，不能得其便也。闽中民狃①乌性，以谓物无不可以性取者。则之野，挈罂饭楮钱②，阳③哭冢间，若祭者然。哭竟，裂钱弃饭而去。乌则争下啄，啄尽，哭者复立他冢，裂钱弃饭如初。乌不疑其绐④也，益鸣争，乃至三四，皆飞从之。稍狎⑤，迫于罗，因举获其乌焉。今夫世之人，自谓智足以周身⑥，而不知祸藏于所伏者，几何不见卖于哭者哉⑦。其或不知周身之术，而以愚触死，则其为智，犹不若乌之始虚⑧于弹。韩非作《说难》⑨，死于秦，天下哀其以智死。楚人不知《说难》而谓之沐猴⑩，天下哀其以愚死。二人者，其为愚智则异，其于取死则同矣。宁武子邦有道则智，邦无道则愚⑪，观时而动，祸可及哉！

[注释]

①狃（niǔ）：熟悉。

②挈（qiè）：带。罂（yīng）：盛东西的容器。楮（chǔ）钱：旧俗祭祀时焚化的纸钱。

③阳：假装。

④绐（dài）：欺骗。

⑤狎（xiá）：接近。

⑥周身：保全自身。

⑦几何：多少。见：被。

⑧虚：害怕。

⑨韩非：战国末期著名思想家、法家代表人物。《说难》：韩非的著作之一，阐述游说进言的困难与应对策略。

⑩楚人：指项羽。《史记·项羽本纪》："项王见秦宫室皆以烧残破，又心怀思欲东归，曰：'富贵不归故乡，如衣绣夜行，谁知之者？'说者曰：'人言楚人沐猴而冠耳，果然！'"沐猴而冠：猴子穿衣戴帽，终究不是真人，比喻虚有其表。沐猴：猕猴。

⑪《论语·公冶长》："子曰：宁武子邦有道则知，邦无道则愚，其知可及也，其愚不可及也。"

河豚之死

[故事原文]

河之鱼

河之鱼，有豚其名者。游于桥间，而触其柱，不知远去，怒其柱之触己也，则张颊植鬣①，怒腹②而浮于水，久之莫动。飞鸢③过而攫之，磔④其腹而食之。好游而不知止，因游以触物，而不知罪己,乃妄肆其忿,至于磔腹而死,可悲也夫。

[注释]

①植:竖。鬣(liè):动物颈上的长毛。这里指鱼鳍。

②怒腹:形容因生气而腹部鼓胀的样子。

③鸢(yuān):老鹰。

④磔(zhé):裂。

弄巧成拙

[故事原文]

海之鱼

海之鱼,有乌贼其名者。呴①水,而水乌戏于岸间。惧物之窥己也,则呴水以蔽物。海乌疑而视之,知其鱼也而攫之。呜呼,徒知自蔽以求全,不知灭迹以杜疑,为识者之所窥,哀哉。

[注释]

①呴(xǔ):慢慢呼气。

老虎与婴儿

[故事原文]

书孟德传后

子由书孟德事见寄。余既闻而异之,以为虎畏不惧己者,其理似可信。然世未有见虎而不惧者,则斯言之有无,终无所试之。然曩①余闻忠、万、云安②多虎。有妇人昼日置二小儿沙上而浣衣于水者。虎自山上驰来,妇人仓皇沉水避之。二小儿戏沙上自若。虎熟视久之,至以首抵触,庶几③其一惧,而儿痴,竟不知怪,虎亦卒去。意④虎之食人,必先被之以威,而不惧之人,威无所从施欤?有言虎不食醉人,必坐守之,以俟其醒。非俟其醒,俟其惧也。有人夜自外归,见有物蹲其门,以为猪狗类也。以杖击之,即逸去。至山下月明处,则虎也。是人非有以胜虎,而气已盖之矣。使人之不惧,皆如婴儿、醉人与其未及知之时,则虎畏之,无足怪者。故书其末,以信⑤子由之说。

[注释]

①曩(nǎng):从前。

②忠:忠州,今重庆忠县。万:万州,今重庆万州区。云安:云安军,今重庆云安区。

③庶几:表示希望的语气词,或许可以。

④意:料想,猜想。

⑤信（shēn）：同"申"，阐发。

附录：苏辙《孟德传》

孟德者，神勇之退卒①也。少而好山林，既为兵，不获如志。嘉祐中，戍秦州②，秦中多名山。德出③其妻，以其子与人，而逃至华山下，以其衣易一刀十饼，携以入山。自念吾禁军也，今至此，擒亦死，无食亦死，遇虎狼毒蛇亦死。此三死者，吾不复恤矣，惟山之深者往焉。食其饼既尽，取草根木实食之，一日十病十愈，吐、利、胀、懑④，无所不至，既数月，安之，如食五谷，以此入山二年而不饥。然遇猛兽者数矣，亦辄不死。德之言曰：凡猛兽类⑤能识人气，未至百步，辄伏而号，其声震山谷，德以不顾死⑥，未尝为动；须臾，奋跃如将搏焉；不至十数步则止而坐，逡巡弭耳⑦而去；试之前后如一。后至商州⑧，不知其商州也，为候者⑨所执，德自分⑩死矣。知商州宋孝孙谓之曰："吾视汝非恶人也，类有道者⑪。"德具道本末，乃使为自告者⑫，置之秦州。张公安道适知秦州，德称病，得除兵籍为民。至今往来诸山中，亦无他异能。

夫孟德可谓有道者也。世之君子，皆有所顾，故有所慕，有所畏。慕与畏交于胸中，未必用也，而其色见于面颜，人望而知之。故弱者见侮，强者见笑，未有特立于世者也。今孟德其中无所顾，其浩然之气，发越于外，不自见而物见之矣。推此道也，虽列于天地可也，曾何猛兽之足道哉！

323

[注释]

①退卒：退伍的士兵。

②嘉祐：宋仁宗年号，1056—1063年。秦州：今甘肃天水。

③出：休弃。

④吐、利、胀、懑（mèn）：呕吐、腹泻、腹胀、胸闷。利：同"痢"。

⑤类：大抵，大都。

⑥不顾死：不怕死。顾：顾及。

⑦逡（qūn）巡：退避。弭（mǐ）耳：帖耳，垂耳。

⑧商州：今陕西商洛。

⑨候者：守望巡哨者。

⑩自分（fèn）：自料，自以为。

⑪类：像。有道：有德有才，或通达事理。

⑫自告者：自首者。

奇谈怪论

睡乡记

[故事原文]

睡乡记

　　睡乡之境,盖与齐州①接,而齐州之民无知者。其政甚淳,其俗甚均,其土平夷广大,无东西南北,其人安恬舒适,无疾痛札疠②。昏然不生七情③,茫然不交万事,荡然不知天地日月。不丝不谷,佚卧而自足,不舟不车,极意而远游。冬而绨,夏而纩④,不知其有寒暑。得而悲,失而喜,不知其有利害。以谓凡其所目见者皆妄也。

　　昔黄帝闻而乐之,闲居斋,心服形⑤,三月弗克其治。疲而睡,盖至其乡。既寝,厌其国之多事也,召二臣而告之。凡二十有八年,而天下大治,似睡乡焉。降及尧舜无为,世以为睡乡之俗也。禹、汤股无胈,胫无毛⑥,剪爪为牲⑦,以救天灾,不暇与睡乡往来。武王克商还周,日夜不寝,曰吾未定大业。周公夜以继日,坐以待旦,为王作礼乐,伐鼓扣钟,鸡人⑧号于右,则睡乡之边徼⑨屡警矣。其孙穆王慕黄帝之事,因西方化人而神游焉⑩。腾虚空,乘云雾,卒莫睹所谓睡乡也。至孔子时,有宰予者，亦弃其学而游焉⑪。不得其涂，大迷谬而返。战国秦汉之君，悲愁伤生，内穷于长夜之饮，外累于攻战之具，于是睡乡始丘墟⑫矣。而蒙漆园吏庄周者⑬，知过之化为蝴蝶，翩翩其间，蒙人弗觉也。其后山人处士之慕道者，犹往往而至，至则嚣然乐而忘归，从以为之徒云。嗟夫，予也幼而勤行，长而竞时⑭，卒不能至，岂不迂哉？因夫斯人之问津⑮也，故记。

[解题]

"睡乡"的构思从《列子》"黄帝梦入华胥氏之国"的故事获得灵感，曲折地表达了苏轼对现实政治的不满。

[注释]

①齐州：今山东济南。

②札疠：因瘟疫而死亡。

③七情：人的喜、怒、哀、乐、爱、恶、欲七种情感。

④绨（chī）：葛布，夏季衣料。纩（kuàng）：丝绵，冬季衣料。

⑤服形：即服气、吐纳，道家养生延年之术。《列子·黄帝》："朕闲居三月，斋心服形，思有以养身治物之道，弗获其术。"

⑥股无胈，胫无毛：形容极度劳累，腿上不长汗毛。股：大腿。胫：小腿。胈（bá）：人的腿毛。

⑦剪爪为牲：祭祀时剪下头发、指甲来代替身体作牺牲品，以示极为虔诚。《艺文类聚》引《帝王世纪》："汤自伐桀后，大旱七年，殷史卜曰：'当以人祷。'汤曰：'吾所为请雨者，民也。若必以人祷，吾请自当。'遂斋戒，剪发断爪，以己为牲，祷于桑林之社。言未已，而大雨方数千里。"

⑧鸡人：周代官名，天将亮时，报时以警醒百官。

⑨边徼（jiǎo）：边境。

⑩穆王：西周第五位天子。《穆天子传》记载周穆王驾八骏西巡天下，行程三万五千里，会见西王母之事。化人：有道术的人。

⑪《论语·公冶长》："宰予昼寝。子曰：朽木不可雕也，粪土之墙不可杇也，于予与何诛？"

⑫丘墟：废墟，荒地。

⑬蒙漆园吏庄周者：《史记·庄周列传》："庄子者，蒙人也，名周。周尝为蒙漆园吏。"

⑭竞时：与时间竞争。

⑮问津：探寻，寻访。

盲人识日

[故事原文]

日喻（节选）

生而眇①者不识日，问之有目者。或告之曰："日之状如铜盘。"扣盘而得其声。他日闻钟，以为日也。或告之曰："日之光如烛。"扪烛而得其形。他日揣籥②，以为日也。日之与钟、籥亦远矣，而眇者不知其异，以其未尝见而求之人也。道之难见也甚于日,而人之未达也,无以异于眇。达者告之,虽有巧譬善导,亦无以过于盘与烛也。自盘而之钟,自烛而之籥,转而相之③,岂有既④乎!故世之言道者,或即其所见而名之,或莫之见而意之,皆求道之过也。然则道卒不可求欤?苏子曰:"道可致⑤而不可求。"何谓致?孙武曰:"善战者致人,不致于人。"子夏曰:"百工居肆⑥以成其事,君子学以致其道。"莫之求而自至,斯以为致也欤?南方多没人⑦,日与水居也,七岁而能涉,十岁而能浮,十五而能浮没矣。夫没者,岂苟然哉,必将有得于水之道者。日与水居,则十五而得其道。生不识水,则虽壮,见舟而畏之。故北方之勇者,问于没人,而求其所以没,以其言试之河,未有不溺者也。故凡不学而务求道,皆北方之学没者也。

[注释]

①眇(miǎo):瞎。

②揣:摸索。籥(yuè):一种管乐器。

③转而相之:一个比喻接着一个比喻地加以描述。相(xiàng):描述,形容。

④既:尽。

⑤致:使其自至。

⑥肆:手工作坊。

⑦没人:善于潜水的人。

到处被鳖相公使坏

[故事原文]

广利王召

余尝醉卧,有鱼头鬼身者,自海中来,云:"广利王请端明①。"予被褐草履黄冠②而去,亦不知身步入水中。但闻风雷声,有顷,豁然明白,真所谓水晶宫殿也。其下骊珠夜光,文犀尺璧③,南金火齐④,不可迎视,珊瑚琥珀,不知几多也。广利佩剑,冠服而出,从二青衣⑤。余曰:"海上逐客,重烦邀命。"有顷,东华真人、南溟夫人造焉⑥,出鲛绡⑦丈余,命余题诗。余赋曰:"天地虽虚廓,惟海为最大。圣王皆祀事,位尊河伯拜。祝融为异号,恍惚聚百怪。二气变流光,万里风云快。灵旗摇虹蠹⑧,赤虬喷滂湃。家近玉皇楼,彤光照世界。若得明月珠,可偿逐客债。"写竟,进广利。诸仙迎看,咸称妙。独旁一冠簪⑨者,谓之鳖相公,进言:"客不避讳忌,祝融字犯王讳⑩。"王大怒。余退而叹曰:"到处被相公厮坏!"

[解题]

广利王:南海海神祝融的封号。本文作于苏轼晚年谪居儋州时。鳖相公是指章惇。章惇,字子厚,早年曾是苏轼的好友,元丰二年(1079)"乌台诗案"爆发时,还曾为苏轼说话。元祐年间,因新旧党争的进一步加剧,两人日益对立。绍圣元年

（1094）至元符三年（1100），章惇在朝担任尚书左仆射兼门下侍郎（首相），苏轼先后贬谪惠州、儋州。

[**注释**]

①端明：端明殿大学士，这里指苏轼。

②被褐（pī hè）草履黄冠：身着粗布短袄，脚穿草鞋，头戴黄冠。这些都是粗劣的服饰，借以表示不慕荣利，安于贫贱。

③骊（lí）珠：宝珠。传说出自骊龙颔下。文犀尺璧：刻有精美纹饰的犀牛角和美玉。

④南金：南方出产的铜。借指贵重之物。火齐：火齐珠。琉璃的别名。

⑤青衣：宫女，婢女。

⑥东华真人、南溟夫人：道教传说中的神仙。造：到。

⑦鲛绡：传说中鲛人所织的丝绢、薄纱。

⑧灵旗：神灵的旗帜。也指道教的一种法器，用于驱邪镇鬼。虹纛（dào）：用霓虹为旗帜。纛：军旗，大旗。

⑨冠簪：使冠固定于发髻上的簪子，这里指官帽。

⑩古人认为直言尊长的名字是很不礼貌的行为。广利王名祝融，苏轼诗中有"祝融为异号"，所以犯了广利王的名讳。讳忌：避忌某些言语或举动。

穷秀才谈志向

[故事原文]

二措大言志

有二措大相与言志。一云:"我平生不足,惟饭与睡耳。他日得志,当饱吃饭,饭了便睡,睡了又吃。"一云:"我则异于是。当吃了又吃,何暇复睡耶?"吾来庐山,闻马道士嗜睡,于睡中得妙。然以吾观之,终不如彼措大得吃饭三昧①也。

[解题]

元丰七年(1084)作于庐山。措大:对贫寒读书人的讥称。

[注释]

①三昧:佛教用语,意思是使心神平静,杂念止息,是佛教的重要修行方法之一。借指事物的诀要。

三个老人吹牛

[故事原文]

三老人论年

尝有三老人相遇,或问之年。一人曰:"吾年不可记,但忆少年时,与盘古①有旧。"一人曰:"海水变桑田时,吾辄下一筹②,迩来吾筹已满十间屋。"一人曰:"吾所食蟠桃,弃其核于昆仑山下,今已与昆仑肩矣。"以予观之,三子者,与蜉蝣、朝菌③,何以异哉!

[注释]

①盘古:中国神话传说中开天辟地的人。

②筹:用于计数的小棍或竹签。

③蜉蝣(fúyóu):生存期极短的小虫;浮在酒面上的泡沫。朝菌:朝生暮死的菌类植物。

桃符与艾草人吵架

[故事原文]

桃符艾人语

桃符仰骂艾人曰："尔何草芥而辄据吾上？"艾人俯谓桃符曰："尔已半截入土①，安敢更与吾较高下乎？"门神傍笑而解之曰："尔辈方且傍人门户，更可争闲气耶！"

[解题]
桃符和艾人都是古人挂在门上用来避邪的物品。桃符是两块桃木板，上面画着神荼、郁垒二神像，后来逐渐演变为春联。艾人，是用艾蒿扎的草人。

[注释]
①半截入土：指每年正月初一换新桃符，至五月端午时，桃符已挂了将近半年，再过六七个月就将被取下丢弃。

海螺与蚌蛤的对话

[故事原文]

螺蚌相语

中渚①,有螺蚌相遇岛间。蚌谓螺曰:"汝之形,如鸾之秀,如云之孤,纵使卑朴,亦足仰德②。"螺曰:"然。云何珠玑之宝,天不授我,反授汝耶?"蚌曰:"天授于内不授于外,启予口,见予心,汝虽外美,其如内何,摩顶放踵③,委曲而已。"螺乃大惭,掩面而入水。

[解题]

本文以寓言形式表达了苏轼表里如一、内心坦荡的人生态度。

[注释]

①中渚(zhǔ):水中的小洲。

②仰德:仰慕。

③摩顶放踵:这里指从头到脚。

眼睛和嘴巴的争论

[故事原文]

口目相语

子瞻患赤目①,或言不可食脍②。子瞻欲听之,而口不可。曰:"我与子为口,彼与子为眼,彼何厚,我何薄,以彼患而废我食,不可。"子瞻不能决。口谓眼曰:"他日我瘖③,汝视物,吾不禁也。"

[解题]

本文约作于元丰年间苏轼谪居黄州时期,从中可见苏轼面对疾病的痛苦时的自我遣玩与排解。

[注释]

①赤目:患急性结膜炎时,眼白发红,俗称红眼病。
②脍(kuài):细切肉、鱼。
③瘖:同"喑",嘶哑,哑。

说谎好累

[故事原文]

作伪心劳

贫家无阔藁荐①,与其露足,宁且露首。君观吾侪②有顷刻离笔砚者乎?至于困睡,犹似笔也。小儿子不解人事,问:"每夜何所盖?"辄答云:"盖藁荐。"嫌其太陋,挞而戒之曰:"后有问者,但云被。"一日出见客,而荐草挂须上。儿从后呼曰:"且除面上被。"所谓作伪心劳日拙者耶?

[解题]

本文以寓言形式表达了苏轼的文学思想:作文一定要真实,切忌虚伪。

[注释]

①藁(gǎo)荐:草席。
②吾侪(chái):我辈。

图书在版编目（CIP）数据

苏东坡说：苏东坡诗文中的故事 / 崔铭，崔诗晨著. -- 北京：中国友谊出版公司，2024.1
ISBN 978-7-5057-5784-4

Ⅰ.①苏… Ⅱ.①崔… ②崔… Ⅲ.①苏东坡（1036～1101）－诗词－文学欣赏 Ⅳ.① I207.2

中国国家版本馆CIP数据核字（2023）第249226号

书名	苏东坡说：苏东坡诗文中的故事
作者	崔 铭　崔诗晨 著
出版	中国友谊出版公司
发行	中国友谊出版公司
经销	新华书店
印刷	三河市中晟雅豪印务有限公司
规格	880毫米×1230毫米　32开
	11.25印张　253千字
版次	2024年1月第1版
印次	2024年1月第1次印刷
书号	ISBN 978-7-5057-5784-4
定价	59.80元
地址	北京市朝阳区西坝河南里17号楼
邮编	100028
电话	（010）64678009

如发现图书质量问题，可联系调换。质量投诉电话：010-82069336